一名家名作·诗文经典一

汪国真诗选

Wang Guo Zhen Shi Xuan

汪国真 /著 惠 敏 /赏析

承载着一代人的诗歌记忆
与顾城、海子、北岛共创当代诗歌辉煌

民主与建设出版社
·北京·

图书在版编目（CIP）数据

汪国真诗选 / 汪国真著 ; 凌翔主编 . -- 北京 : 民主与建设出版社 , 2019.7（2022.4重印）

ISBN 978-7-5139-2491-7

Ⅰ . ①汪… Ⅱ . ①汪… ②凌… Ⅲ . ①诗集－中国－当代 Ⅳ . ① I227

中国版本图书馆 CIP 数据核字（2019）第 094111 号

汪 国 真 诗 选
WANG GUO ZHEN SHI XUAN

出 版 人　李声笑
著　　者　汪国真
主　　编　凌　翔
责任编辑　刘树民
封面设计　刘明彬
出版发行　民主与建设出版社有限责任公司
电　　话　（010）59417747　59419778
社　　址　北京市海淀区西三环中路 10 号望海楼 E 座 7 层
邮　　编　100142
印　　刷　三河市天润建兴印务有限公司
版　　次　2019 年 7 月第 1 版
印　　次　2022 年 4 月第 2 次印刷
开　　本　880mm × 1230mm 1/32
印　　张　10
字　　数　200 千字
书　　号　ISBN 978-7-5139-2491-7
定　　价　48.00 元

注：如有印、装质量问题，请与出版社联系。

作者简介

　　汪国真，祖籍福建厦门，生于北京。毕业于暨南大学中文系，当代诗人、书画家、作曲家。曾任中国艺术研究院文学艺术创作中心主任。据北京零点调查公司 1997 年 7 月对"人们所欣赏的当代中国诗人"调查表明，在新中国成立后出生的诗人中，他名列第一；他的诗集发行量创有新诗以来诗集发行量之最。2000 年他的 5 篇散文入选人民教育出版社出版的全日制普通高级中学语文读本第一册；2001 年，他的诗作《旅程》入选人民教育出版社出版的义务教育课程标准实验教科书《语文》七年级上册。2001 年，他的散文《雨的随想》入选高等教育出版社出版的中等职业教育国家规划教材《语文》(基础版) 第一册；2003 年他的诗作《热爱生命》入选语文出版社出版的义务教育课程标准实验教科书《语文》九年级下册；2007 年他的诗作《我不期望回报》入选江苏教育出版社出版的义务教育课程标准实验教科书《语文》六年级上册；2008 年他的诗作《我微笑着走向生活》入选河北教育出版社出版的义务教育课程标准实验教科书《语文》五年级上册。他还曾连续三次获得全国图书"金钥匙"奖。2007年被美国内申学院（NATION INSTITUTE OF USA）聘为客座教授、博士生导师；2008年被暨南大学聘为兼职教授。2009年入选中央电视台《我们共同走过》新中国成立60周年百名代表人物之一；2009年10月《中国青年》杂志评出新中国成立60周年十名代表人物（钱学森、黄继光、荣毅仁、焦裕禄、邢燕子、张海迪、崔健、汪国真、张艺谋、姚明），他为其中之一。2014年他的诗集英文版、韩文版、日文版在海外出版发行。

赏析者简介

　　惠敏，中国散文学会会员，实力派作家。是任职于国家机关的学者型女性。哲思隽永、视角独特、风格多变、暖心治愈的文字受到众多学者的举荐和读者青睐。著有文史散文集《送你一瓣月光》，其中多篇文章被设计成中高考阅读题。

主编的话

凌 翔

　　我不会写诗，但是我是一个有诗缘的人！因为，我在诗的鼎盛时期成长，并在诗的鼎盛时期认识了几位杰出的诗人。

　　海子是我见到的第一位真正的诗人。他离开人世间前的那两年，我刚刚从舟山群岛上的一所军营，调入京城。尽管我不会写诗，但我佩服诗人们，所以，在人民海军报社工作时，我多次寻找到诗人海子，领略了他的才华。应该说，我和海子之间远远没有到朋友的份上，但是，说是熟人足足有余！或者说，我是他的崇拜者，用今天的话说，我是他的粉丝。

　　汪国真应该说是我的朋友。那时，顾城和海子的诗，我并没有全部读懂，喜欢他们的诗，是缘于我对诗人的崇拜，而在那时，有一股来自汪国真的清流，任何人都能读懂，任何人读了都喜欢，充满了阳光，充满了正能量，让读的人浑身有劲，对生命充满热情。我喜欢汪国真的每一首诗，正因为如此，我像寻找海子一样寻找到了他，认识并熟悉了他。那段日子，我负责海军政治部《水兵》（今《当代海军》）杂志的编辑工作，我多次约他给我们的杂志供稿，让他那"年轻的潮"面对真正的大海和航行在大海上的水兵们。遗憾的是，不知何故，他一直没有给我一篇稿件，所以，在我的手上，没有诞生过一篇我喜爱的汪国真先生的诗。

爱屋及乌，喜欢汪国真的诗歌，牵动了我的喜欢，我喜欢上了汪国真风格的一类诗。当时，湖北武汉有位女诗人胡鸿，她的诗和汪国真的诗风格相近似，很多人都说特别像、特别像，像得可以把胡鸿的诗告诉别人说是汪国真的作品，而别人一般不会产生怀疑的。以至于出版汪国真诗集的出版社也常常出版胡鸿的诗集。如百花文艺出版社就把他俩的诗集放在一个诗丛里推出。面对这样的情景，要不到汪国真诗歌的我，就向胡鸿组稿。那时的胡鸿也很俏，好在她在湖北电信工作，而我在武汉的海军工程学院（今海军工程大学）上了四年军校，军校之后又在武汉工作了一年，所以，因为武汉，我和胡鸿成了朋友，也就要到了她的诗作。记不得《水兵》杂志发表了多少篇胡鸿的作品，我估计肯定超过十次。

我与汪国真的缘分仿佛千丝万缕，汪国真去世后，他的妹妹汪玉华负责整理汪国真的作品，汪玉华在汪国真日记上看到一句话，说是汪国真在北京军区《战友报》发表过一首小诗《战士》。然而，这首诗没有出现在汪国真的任何作品集里，汪玉华找遍汪国真留下的所有书报、刊物和记事本，也没有看到这首诗。她这时开始找《战友报》，可是，《战友报》是军队内部报纸，电话号码上查不到，后来，她联系上部队的朋友，才找到《战友报》的电话，但那时，正逢军队改革，《战友报》随着北京军区的撤销而停办了，大部分人员转业离开了报社，少部分人员并入了新创刊的《陆军报》，所以，打通了电话，接电话的是从全军原来的各个军区报社新调入《陆军报》工作的人员，他们对之前出版的《战友报》也不了解。所以，汪玉华还是没能找到《战友报》，我那时在汪国真诗友会微信群里，群主侯军把我推荐给了汪玉华，于是，我接受了找寻那首诗的任务。我找到陆军宣传处长李大勇，在李大勇的帮助下，终于从封存了的《战友报》资料库里找到了这首诗，让这首刊登于1986年4月26日《战友报》上的诗歌《战士》，再度与喜爱诗歌的朋友们见了面。

我还有一个和诗的缘分。1994年，我从海军机关调入解放军报社工作，在这里，我呼吸到诗人顾城留下的气息。顾城的父亲顾工曾经在解放军报社工作多年，所以，顾城的姐姐顾乡和顾城本人都出生和成长于解放军报社大院。我自1994年来到解放军报社工作，就一直生活在这个大院里，今后我还将在这个大院生活下去。2018年，我和顾乡聊起她和顾城儿时的事情，顾乡还记得解放军报社大院里的这片柿子林，那颗核桃树，她特别记得解放军报社大院里的那颗树龄好几百年的大槐树！我相信，顾城小时候一定会跟着父母在大槐树下纳过凉，听大人们在大槐树下讲过各种各样的故事。

海子、顾城、汪国真相继离开了我们，但诗歌没有远离，也不会远离。许许多多的诗人正在成长，许许多多像我这样不会写诗的人仍津津有味地读着诗人们留下的诗，读着诗人们正在写着的诗，用诗慰藉自己的灵魂，用诗去丰富自己的人生。

没有比脚更长的路，没有比人更高的山。这是汪国真留给这个世界的最经典的诗句。我相信，只要有人热爱诗，诗人们一定会写出让世人更加回味无穷的诗句。

舒婷曾经这样说："春天之所以美好，富饶，是因为它经过了最后的料峭。"现在，诗人少了，读诗的人少了，这个时代，似乎正经历诗歌的"料峭"，但我们坚信，诗歌的春天即将来临。

听，我似乎已经听到了诗歌春天的脚步声，走得那么坚定，像少女的高跟鞋跟，正有力在敲击着坚实的大地，传来的声音越来越近，也越来越响亮，越来越清晰！

谈谈文学界对汪国真的评价

汪玉华

探讨汪国真作品评价中的问题

关于对汪国真老师作品的评价问题，作为他的胞妹，我想提供一些事实依据供读者朋友及评论界、文化界的朋友们参考。

在我未介入我哥作品的整理工作之前至今，我所听到的一个说法是广大青年读者认可、喜爱汪国真的诗，而纯文学圈的人否定汪国真的诗，双方态度极其对立。就像有人 2016 年在某书中写到的："当中国最权威的诗歌刊物《诗刊》的编辑们当面退稿，又是怎样的狼狈与难堪：'大家看过他的作品后，九个编辑没有一个重视的。即便当他的诗歌被广大青年读者认可，诗集畅销时，他仍然受到一些诗歌圈内人的奚落，五花八门，不留情面，经久不衰……'"

对上述说法我一直以为是真的，只是觉得有些莫名其妙，对这种"对立"现象感到不理解。但今天我所披露的事实能够证明上述说法根本不成立。

事实一

我在整理我哥的资料时发现，从 1986 年 10 月号开始到 2003 年 7 月号，我哥就是在上述《诗刊》上陆续刊发了诗歌作品 25 篇，而且《心曲》一诗，刊发在 1987 年 10 月号《诗刊》的封二上，配有插图，位置显著；在 1990 年 12 月号的《诗刊》上，一次就发表了他的诗作 7 首；另外，在 1987 年 2 期的《中国作家》杂志上一次刊登了他的诗歌 3 首，其中就有那首著名的《山高路远》。我提到的上述 28 首作品已经由国家图书馆出具了馆藏资料证明。

我想问的是：从 1986 年（10 月号）汪国真老师还没成名之前，《诗刊》就已经发表了他的诗作，直到 2003（7 月号），时间持续 17 年之久，《诗刊》陆续发表了汪国真老师 25 篇诗作，怎么会被人信口雌黄说成是"九个编辑没有一个重视的"！

我特意在网上查了一下：

1.《诗刊》是由中国作家协会主办，创刊于 1957 年 1 月，是以发表当代诗人诗歌作品为主，刊发诗坛动态、诗歌评论的大型国家级诗歌刊物。

2.《中国作家》是由中国作家协会主管，中国作家出版集团主办的国家一级大型文学期刊，自 1985 年创刊至今。

事实二

从 2001 年 1 期起至 2004 年 12 期这 4 年时间里，汪国真老师在《中国校园文学》这一国家级文学月刊上不间断发表的诗作有 88 首。这本杂志是圈内还是圈外？

说明：《中国校园文学》是由人民文学杂志社主办的，于 1989 年 5 月在教育部主管下创刊，2000 年归属中国作家协会主管，是一本面对广大中小学生的国家级文学月刊。

事实三

据不完全统计（最近发现许多未来得及整理，诸如复习、备考用的作品），汪国真老师的作品有 28 篇被分别选入教材：

1. 人民教育出版社 2001 年出版的全日制普通高级中学语文读本（试验修订本·必修）第一册；

2. 人民教育出版社 1992 年义务教育四年制初级中学语文 自读课本 第七册；

3. 高等教育出版社 2001 年 7 月出版的语文（基础版）第一册 中等职业教育国家规划教材；

4. 语文出版社（教育部直属）2003 年出版的义务教育课程标准实验教科书 语文 九年级（下册）；

5. 北京、广东、山东、河北、江苏、内蒙古、浙江、湖北、长春各地出版社出版的多种中小学教科书、读本等。

其中诗歌21首，散文6篇，哲思短语1篇。

以上这些事实充分证明了文学界及教育界对汪国真老师作品的认可。那么，我用事实来证明广大读者与文学界、教育界的专业人士对汪国真老师作品的态度及评价并不像某些人描述的那么对立，这一结论有什么意义吗？我想请朋友们给我一个答案。

其实，能够分享的内容还有很多，很多人想研究"汪国真热"为什么会出现，这当中自然有环境的因素，既然想研究"汪国真热"这一社会现象，自然就要研究汪国真这个人。

我作为与他一起长大的亲人，我对他的认识是什么呢？我认为他是一个具有远大抱负的人，这个抱负是怎么形成的呢？就是教育。简单说对他人生影响最大的人有两个：一个是岳飞，岳飞精忠报国，岳母刺字的故事儿提时候就已经深入了他幼小的心灵；再一个就是毛主席，我哥认为毛主席是全才，丰功伟绩无人能比，因此对毛主席无比崇拜，经常挂在嘴边。他15岁初中毕业到工厂当工人至22岁恢复高考考上大学，这期间给我印象最深的一件事是他们厂领导夸奖他的一句话："你的文章全是主席观点"。可惜那时他写的文章没有保留。

他克服重重困难做成了许多事，很成功。为什么呢？在我看来，他的成功可以说是他践行理论联系实际思想的一个个典型范例，确实值得研究。

2018 年 4 月 25 日

目　录

我喜欢出发…………………………………………001

山高路远…………………………………………005

我不期望回报……………………………………009

我微笑着走向生活………………………………012

不仅因为…………………………………………015

如果生活不够慷慨………………………………019

热爱生命…………………………………………023

妙龄时光…………………………………………026

平凡的魅力………………………………………029

友情是相知………………………………………032

惟有追求…………………………………………036

假如你不够快乐…………………………………039

美好的愿望………………………………………043

剪不断的情愫……………………………………047

倘若才华得不到承认……………………………050

旅　程……………………………………………054

故乡的雨……………………………………057

雨的随想……………………………………061

海边的遐想…………………………………065

秋………………………………………………068

小湖秋色……………………………………071

高山之巅……………………………………073

落日山河……………………………………076

贫　穷………………………………………079

早点回家……………………………………083

给父亲………………………………………087

母亲的爱……………………………………090

感　谢………………………………………093

我　愿………………………………………096

荣　誉………………………………………101

秋日的思念…………………………………104

慈母心………………………………………107

南方和北方…………………………………110

春天来了……………………………………113

一　夜………………………………………116

即便成功使我们声名远扬…………………119

走，不必回头………………………………121

学校的一天…………………………………125

乡　思（二首）……………………………127

窗……………………………………………129

奉　献………………………………………130

不必是………………………………………131

因为你是船…………………………………132

战　士………………………………………133

五月，在校园………………………………135

我们是青年…………………………………136

漓江吟………………………………………154

海誓山盟……………………………………155

亲……………………………………………156

永难重逢的时刻……………………………157

桂林山水……………………………………158

感　怀………………………………………159

因为年轻……………………………………160

门……………………………………………161

你会回来吗（歌词）………………………162

每天清早我们擦肩而过……………………163

回　忆………………………………………164

不只在梦中…………………………………165

寻　找………………………………………166

在友人家做客………………………………167

秋　韵………………………………………168

北方的冬天易过……………………………169

江南水乡……………………………………170

松……………………………………………171

相约香格里拉………………………………172

没有爱成的那个人…………………………173

藏地男孩……………………………………174

西藏的河流…………………………………175

阿里古格王朝遗址…………………………176

西藏江南：林芝……………………………177

顽强的小草…………………………………178

翼　龙………………………………………179

色拉寺的小喇嘛……………………………180

风　浪………………………………………181

鸭绿江印象…………………………………182

农　家………………………………………183

红　叶………………………………………184

吉林雾凇……………………………………185

祖　居………………………………………186

天使在人间…………………………………187

你的荣光……………………………………189

内蒙古军马场坝上…………………………191

云南"莫奈" …………………………………… 192

云南森林 …………………………………… 193

京　郊 …………………………………… 194

无　题 …………………………………… 195

津　郊 …………………………………… 196

无　题 …………………………………… 197

三　月 …………………………………… 198

思 …………………………………… 199

伞 …………………………………… 200

悟 …………………………………… 201

百年暨南（7首） …………………………………… 202

乾坤湾 …………………………………… 206

这一年的雪好大 …………………………………… 207

我们的心里有爱 …………………………………… 208

谈　书（四首） …………………………………… 209

竹 …………………………………… 211

吴道子 …………………………………… 212

齐白石 …………………………………… 213

兰 …………………………………… 214

无　题 …………………………………… 215

无　题 …………………………………… 217

习　惯 …………………………………… 219

路的尽头…………………………………220

诗艺长河…………………………………221

无　题…………………………………223

千年一瞬…………………………………224

读　书…………………………………226

无　题…………………………………227

把一切重来过……………………………228

将夙愿追赶………………………………229

时间禁不起潇洒…………………………230

你可别…………………………………231

向着未来憧憬……………………………232

爱人如己…………………………………233

永　恒…………………………………234

相信自己…………………………………235

雨与人生…………………………………236

白杨礼赞…………………………………237

荷　花…………………………………238

那涌来的是潮……………………………239

蝶　舞…………………………………240

世　相…………………………………241

你淡然的凝望……………………………242

小　丑…………………………………243

猫的勋章……………………………………244

岁月如诗……………………………………245

魔术师………………………………………246

等待日出……………………………………247

追星族………………………………………248

初　雪………………………………………249

青蛙王子……………………………………250

梦……………………………………………251

记忆之果……………………………………252

如果本身发光………………………………253

有一种白……………………………………254

把苦难当成故事……………………………255

寻找绚烂……………………………………256

又一次出发…………………………………257

不因一念误千般……………………………258

铭刻　是因为唯一…………………………259

幸福有时很简单……………………………260

温暖不是因为季节…………………………261

奋斗之光……………………………………262

最喜无欲一身轻……………………………263

君不伤我谁能伤……………………………264

满庭芳………………………………………265

江宁府·······················266

五莲山·······················267

境　界·······················268

岳　飞·······················269

纸扇休怨夏已过················271

长恨人生百十岁················272

幸福，不是获得的多·············273

结束便是开始··················274

大爱懂得放手··················275

不敢说出的表达················276

爱，是能把欲望收藏·············277

整个的楼兰····················278

一种从容······················279

桂树　桂花····················280

赤　壁·······················281

翠微峰·······················282

咸　宁·······················284

无　题·······················285

无　题·······················286

无　题·······················287

无　题·······················288

十里蓝山····················289

美林湖…………………………………… 290

武清南湖………………………………… 291

读　史…………………………………… 292

有你　才是生活………………………… 293

现象之一………………………………… 294

回　忆…………………………………… 295

无　题…………………………………… 296

我喜欢出发

我喜欢出发。

凡是到达了的地方，都属于昨天。哪怕那山再青，那水再秀，那风再温柔。太深的流连便成了一种羁绊，绊住的不仅有双脚，还有未来。

怎么能不喜欢出发呢？没见过大山的巍峨，真是遗憾；见了大山的巍峨没见过大海的浩瀚，仍然遗憾；见了大海的浩瀚没见过大漠的广袤，依旧遗憾；见了大漠的广袤没见过森林的神秘，还是遗憾。世界上有不绝的风景，我有不老的心情。

我自然知道，大山有坎坷，大海有浪涛，大漠有风沙，森林有猛兽。即便这样，我依然喜欢。

打破生活的平静便是另一番景致，一种属于年轻的景致。真庆幸，我还没有老。即便真老了又怎么样，不是有句话叫老当益壮吗？

于是，我还想从大山那里学习深刻，我还想从大海那里学习勇敢，我还想从大漠那里学习沉着，我还想从森林那里学习机敏。我想学着品味一种缤纷的人生。

人能走多远？这话不是要问两脚而是要问志向；人能攀多高？这事不是要问双手而是要问意志。于是，我想用青春的热血给自己树起一个高远的目标。不仅是为了争取一种光荣，更是为了追求一种境界。目标实现了，便是光荣；目标实现不了，人生也会因这一路风雨跋涉变得丰富而充实；在我看来，这就是不虚此生。

是的，我喜欢出发，愿你也喜欢。

【赏析】

呆在一个地方久了，眼睛会变小，小腿会变短，心脏会生出苔藓，生锈的大脑像砸不开的核桃，固守着井盖大的脚下……

出发吧。但想提醒你，好好擦亮眼睛，多拍一些照片回来，多带一些真相回来，多带一些故事回来，多带一些爱回来……

旅行者一边热闹，一边寂静。热闹是嘹亮的歌，让人兴奋和愉悦。寂静是动容思学，与山河对话，与世事摩擦。走进巍峨，走进浩瀚，走进神秘，伴着热闹和安静，才能阅读远方，身心漾美。美国作家皮柯·耶尔说："旅行就像爱情，它是知觉被提升的状态，这时候人很警觉，善于接受，准备被改变。"

有爱情在，谁还会老呢？日子被庸常裹着，似一条河，干枯的就要断了流，旅行是一场酣畅的雨，在打湿的河床上开出如米的苔花，智慧的诗人有一点好，日常再怎么了无生趣，也会筑造出理想来。"苔花如米小，也学牡丹开"这是理想，又是朴素的目标。

　　从成长的角度看，每个人的路上都有曲折，有迷茫。高远的目标是为了看到更多的风景，更辽阔的苍穹。也许会在山中冒险，也许会在海上搁浅，更可能在林中迷路。这些个焦虑和担心在境界的追求中，如深秋清晨的露水，待翻涌着热血的太阳一到，随即烟消云散。有人说你活的通透，无非是这个意思了，你在跋涉中获得的知觉，正源源不断供给你柔细花穗的丰富和充实。

　　《乱世佳人》最后，女主角费雯丽在阳光下说出名句"毕竟，明天又是新的一天。"新的一天，流水清照，飞沙走石，血雨腥风都是散落天界的缤纷，把它们握在手心铸成神器，才能斩妖劈魔，守护养育万物之灵的肉体凡胎，能不荣光吗！

　　只有出发，才有新的一天。

长桥卧波

望京门不周山

层层……

幽幽收人不周山

见……词……

……功沅山……

……风云霄

……话策

丙戌 汪国安书

山高路远

呼喊是爆发的沉默
沉默是无声的召唤
不论激越
还是宁静
我祈求
只要不是平淡

如果远方呼喊我
我就走向远方
如果大山召唤我
我就走向大山
双脚磨破
干脆再让夕阳涂抹小路
双手划烂
索性就让荆棘变成杜鹃
没有比脚更长的路
没有比人更高的山

【赏析】

《山高路远》，是汪国真的经典代表作之一，这首诗在一组组对立的句子中，立起来了"人"的精气，意味深长地告诉读者追求、创造、奋斗才是宁静中的蓄积，呼喊中爆发的武器。山路坎坷，荆棘密布是对决心的试探；大山的呼唤，回音铿锵，是远方的褒赞；"双脚磨破""双手划烂"中凝聚坚毅不屈的体验；"夕阳涂抹"的"小路"伴着杜鹃啼鸣的婉转，抵达的最初无怨无悔。

诗中蕴含的强大气流，一上来就澎湃出"不平淡"。它带着涓涓山泉浇灌干渴的血管、毛囊，并在心田里筑池拢水，清清冽冽，明明白白淘洗我们的灵魂，以一个壮美的诗境，还以读者共鸣的磊落精神。

感谢汪国真先生给予的能量，为我们打开充满阳光潇洒的思想世界，读他的诗，渐渐让我们学会以光明的心看待生活、人生、生命。他的文字宛如透明的翅膀，隐形的大氅，带着温暖飞将过来，营造"贴心"的感知，让灰暗燃起光明，把绝望化为希望，于艰辛中尝到甜香。

汪国真"言外之意"、"象外之象"、"味外之味"的诗，呈现独具特色的诗格，是读者乐于接近的"美"，那里的每一字每一句都写满生命"纪实"。

这样的诗格足够令人动容，总比书袋子捆住了的古板守旧革故鼎新，总比锁在象牙塔里的雾里看花洁净清明，总比某些孤立提纯的狭隘通俗豁达。

如此，这些"格"在汪国真具有路向性的启示里，孰优孰劣早已显得微不足道。当我们真切的触动来临，谁还会在意那些故作高深的批判，我们当然会放下一切，不再听任何劝告，用全部的热情去接纳和传颂属于自己的诗和坦荡。

鲁迅在《文化偏至论》中，表述了他对于新文化的主张："外之既不后于世界之思潮，内之仍弗失固有之血脉，取今复古，别立新宗，人生意义，致之深邃，则国人之自觉至，个性张，沙聚之邦，由是转为人国"。鲁迅的新文化理论，落在当下新时代文化"一锤定音"，新时代文化是用"以文化人"的武器，击溃"沙聚之邦"，再塑起"众志成城"的强国，任何时代的核心文化都应"立人"而后"举事"。文化如此，诗歌简短易传播，更应走在新时代文化的前列。鲁迅在《致蔡斐君》说："诗须有形式，要易记，易懂，易唱，动听，但格式不要太严。要有韵，但不必依旧诗韵，只要顺口就好。"这通俗的诗说，本质上就是为时代和未来诗歌方向筑下的灯塔。汪国真的诗情已至此意，他的诗如和煦的阳光，清醒的秋风，冬日的傲梅，拉伸着我们的脊梁去坚挺文化中的"人民"。

2013年亚太经合组织（APEC）工商领导人峰会上，国家主席习近平在饱含激情的演讲中引用"没有比脚更长的路，没有比人更高的山"，以诠释国人、国家精神的不朽基因。如此诗歌无愧迷人，化成人格，乃至国格。

2019年初央视《经典咏流传》，谭维维披挂庄重，深情演绎《山高路远》，经典成就经典，都为赓续民族精气而来。

"没有比脚更长的路，没有比人更高的山"已无需注解，只为感动我们的双脚依然跋涉在崎岖的路上,惊心动魄,从容淡定。
"会当凌绝顶,一览众山小"实乃风光无限好。

如此气质,恐怕是"汪国真现象"长盛不衰的原因之一吧!

我不期望回报

给予你了
我便不期望回报
如果付出
就是为了　有一天索取
那么，我将变得多么藐小

如果，你是湖水
我乐意是堤岸环绕
如果，你是山岭
我乐意是装点你姿容的青草

人，不一定能使自己伟大
但一定可以
使自己崇高

【赏析】

散落在四处的付出，像是散落在万花筒里的鲜艳碎片，透过光，美丽图案对称排列时，才惊觉这期待的全貌。终于明白，在荫蔽的黑暗里，光是奉献，在清澄的光下，碎片是奉献，成全着精确绝妙的图画。

想象着这幅画，假设无比真实的存在，彩色的碎片如果说："都是我撕破彩色的裙裾为你做的嫁衣，你现在被放在孩子的心尖尖，走哪带哪，娃娃们夸你是奇妙的小妖精，还盯着你哈哈哈笑。这样的快乐我也要，快把我倒出来，这该死的牢笼。"

光说："我不是自生的，我是太阳派来的使者，不过是举手之劳。"

万花筒把碎片捯饬出来，无比惋惜的倒在地上。一会儿，就被主人的簸箕送走了。肮脏的垃圾桶，黑魆魆的垃圾袋，残羹剩饭张牙舞爪。碎片哭了。

万花筒依依不舍的对光说：亲爱的，我的肚子已经空了，也没什么用场了，你也回去吧。

光说：不用，我有法子让你开心。你在你身体的一头多打些小孔，扎出伞的形状，花的模样，小朋友的脸……

太阳出来，一群孩子眯着眼挤在一起，透过万花筒，他们看到五彩缤纷的蘑菇伞，桃花瓣，歪着嘴和自己挤眉弄眼的娃娃脸。

孩子们的笑声穿过楼宇，跟着太阳越来越明亮，清脆。

这样的安排言尽意不尽，是单纯人的表达方式，和汪国真含蓄的堤岸环绕、茂盛葱茏的小草相互衬托出世间现象。给予，是一种奉献，也是一种成全。稍加付出，就急于索取回报的人，常常会失落、失去；付出的人，无所谓回报，常常坦然高尚，蕴藉留白处自然厚德载物了。

　　小诗能言简而广深，自是妙品了。这些被心灵接受的，不一定都是文字本身，而是在其意涵的可见与不可见之间的牵连中，生出的品行、操守、文明。

我微笑着走向生活

我微笑着走向生活
无论生活以什么方式回敬我

报我以平坦吗
我是一条欢乐奔流的小河

报我以崎岖吗
我是一座大山庄严地思索

报我以幸福吗
我是一只凌空飞翔的燕子

报我以不幸吗
我是一根劲竹经得起千击万磨

生活里不能没有笑声
没有笑声的世界该是多么寂寞

什么也改变不了我对生活的热爱
我微笑着走向火热的生活

【赏析】

　　2018 年，农历节气大寒刚过，我的新书《送你一瓣月光》面市了。这一天，城市浓重的雾霾压得人透不过气，而"一瓣月光"却像冰心笔下的小桔灯，朦朦胧胧，闪闪亮亮，把我晶莹于清空绝妙，那月光坠着一根勇敢镇定的红线，把我从写作的焦虑中捞出来，放在火热的梦想上炙烤。终于，焦虑、自卑一次次被文字的力量击溃，化成如桔的月光，一瓣一瓣。这是生活回敬我的方式，有光，便不可阻挡，即使雾霾深袭，不过是让它的穿透力更加具象。

　　大寒之后，再过十多天就是立春了，所谓"立"，就是开始。

　　此后，四季的眼又一次徐徐张开，比往年更妩媚，更多情。一年之计在于春，辛苦的劳作接踵而来，希望的土地层层惊蛰，山要爬，水要涉，一个人的路上与凌空飞翔的燕子做伴儿。

　　常常提醒自己再寒冷的冬天，总要在大寒以后打个结儿，这结上打着蝴蝶花儿，要飞出细细柔柔的蕊，准备给春天打个粉儿，扑个胭脂儿。

　　元代散曲作家、"昆腔"的先驱贯云石写下"春"：

　　金杈影摇春燕料，木杪生春叶。

水塘春始波，火候春初热。

土牛儿载将春到也。

　　这首曲子里的金、木、水、火、土一应俱全，贯云石用这五种物质来说明什么呢？许是世界的起源生发在春雨里，许是物质的多样性统一在春风里。想到这些，自然不会恼了，因为我们的笑声和庄严早已在春天里了，要立起来了。如奔流的小河一样欢快；像大山一样稳重的思索思考；燕子凌空时舞动的翅膀，气流虽小，但足可以承载生命；竹子沉寂在泥土里扎根，很深很结实的根，这是上苍对它的"饿其体肤，劳其心智"的训练，它笑着长，一层一层的笋衣是最美的霓裳。

　　春天的路上让我们微笑起来，大笑起来……

不仅因为

日子可以是普普通通的
却不甘心
生命也普普通通

如若为土
为什么
不能是山冈

如若为水
为什么
不能是波浪

如若为植物
为什么
不能是白杨

如若为风景

为什么
不能黯淡了所有风光

总是向往大海
不仅因为
那是一个迷人的梦境

总是追寻流云
不仅因为
那是一件美丽的衣裳

【赏析】

追求是一份执念。

这首诗完全是汪国真追求多面人生的写照。在这样的小诗里，你处处看到作者的坚定、坚强、坚韧，此中的每一句话蕴含着追求的执念，倔强的长成了汪国真的一部分。

日子是生命的具体显现，但不是精准表达，也不那么高级。生命才是每一个人要寻找的现世情怀，它能重新排列日子和心灵之间的链条，从而控制指挥改变生活的庸常，逐渐靠近优雅、富饶和高光。

泥土没有山岗巍峨，水没有波浪是死的，白杨概括了草木精神。成为海一样的人是高尚的理想，风光无限风景遮眼，智者流云又有几个人读的明白。

执念是一路坚守。

80年代，汪国真一夜成名，第一本诗集《年轻的潮》以惊人的销量打破了"诗歌已死"的魔咒。声名斐然之后，总有声音带着冷刺杀将过来。有人说他的诗缺乏诗意、白水一般。甚至断言，三年以后就不会再有人读汪国真的诗。

汪国真在质疑声中继续埋头写作，《年轻的风》《年轻的思绪》《年轻的潇洒》等诗集也相继问世。20年的时间，这些被批过于浅白的诗一直魅力不减，光是盗版的销量就超过两千万册。

20年后，汪国真带着一套最新出版的《汪国真诗集20周年纪念版》送给自己和读者，此时诗人已经到了知天命的年纪。他自信满满地说："时间证明了我的诗歌生命力，数量庞大的盗版书给我颁发了一枚最真实的奖牌！这枚奖牌没有人情、没有潜规则、没有内幕、没有红包，全部是读者真实的投票。"

执念是一场修行。

汪国真不但是诗坛冬日的炉火，照亮了读者的生命世界，还让这一炉火生动立体充满丰富。他在诗歌创作之余，还热衷于书画和作曲。"一些收藏家开始收藏我的画，或者请我画画。"他总是像孩子一样率真的表达开心快乐，毫无挂碍。他坚持作曲长达十年，制作完成了400多首古典诗词的谱曲。2009年11月，汪国真在北京音乐厅举办了《唱响古诗词》音乐会。他传承经典，经典也在流传他。2019年初，CCTV《经典咏流传》

谭维维一袭庄重，把他的诗《山高路远》唱给国人听，唱给世界听。

对于辉煌、寂寞、非议，他认为那都是外界定义，并不影响内心的恒久温度，他不过是想要触摸到艺术的本来，心甘情愿过好自己的生活。

春秋惬意只有冬夏才能赋予最恰当的词义，草木深情才能密旨人间有戏，生活的苦汁终将熬成生命的药引。这一切终将与精神关联，使人陶醉，让人不朽。

如果生活不够慷慨

如果生活不够慷慨
我们也不必回报吝啬
何必要细细地盘算
付出和得到的必须一般多

如果能够大方
何必显得猥琐
如果能够潇洒
何必选择寂寞

获得是一种满足
给予是一种快乐

【赏析】

她不知道他何时开始嫌弃了自己，她实在想不起来。

女人不太老，只是眼角隐约着小菊花瓣，花瓣很轻很淡，遇不到秋阳，几乎开不起来。

上班下班、市场、高楼砖墙、人群，原本生活只能长成这样，女人在这个小城住了四十年。如果可能，这条路一定会走一辈子，女人就是这样想的，她也只能这样想，孩子已经高三了，她陪读、送饭，希望儿子能考个像样的大学。

一天，这条路断了，再也走不到尽头的家，飘起了其他女人的气息，很浓。

没有人注意她，来来去去的人说笑、低头、挽手。女人游荡，比任何时候都深刻。

女人计划出门旅行，车票已经订好了，和闺蜜们一起寻快活去，不再去理会那男人。

临上车，电话铃响了，是儿子的声音，急促中吐出的字一个摞一个。她听明白了，男人出事了。

微信圈里，闺蜜晒沙滩、秀 P 过的娇艳，疯最后的"青春"。

病房里，男人的腿被缠成了水泥管子，吊在锃亮的架子上。

女人把水放在嘴旁，轻轻用唇边蘸了蘸，此时，菊花瓣开了。

男人接过水，慢慢用力吞下，水有 37 度，他想起女人年轻的身体蜷缩在他怀里的时候，正好也是这个温度，那时候没有菊花瓣，却飘着菊花的清香。

儿子考上了 985，送别后走出大学门口，女人默默念叨："龙应台的《目送》写的真是好啊！"

一只手伸过来，正好 37 度，挽起女人的手。

背影里，男人的义肢发出金属的声音，嚓嚓嚓，和着女人的步子，慷慨高调的落在地上。

四年后，菊花开的更浓了，市场、高楼砖墙、人群，一对挽手的夫妻。

如此解读，够潇洒，是满足，才快乐！

空谷一幽篁　亭亭出尘姿　泠然生意趣　浮云自去留

壬辰 汪國英

热爱生命

我不去想是否能够成功
既然选择了远方
便只顾风雨兼程

我不去想能否赢得爱情
既然钟情于玫瑰
就勇敢地吐露真诚

我不去想身后会不会袭来寒风冷雨
既然目标是地平线
留给世界的只能是背影

我不去想未来是平坦还是泥泞
只要热爱生命
一切，都在意料中

【赏析】

汪国真选择了远方和风雨兼程，选择了爱情和真诚，选择了目标和寒风冷雨，选择了生命和地平线，他的选择在诗中一语成谶，只留给了世界背影。这背影深处是营养丰沛的文化颜面，是浅唱低吟的诗人，是积极快乐的哲学家。

我把伏案已久的脊椎挺了又挺，幻想生命如果能让这四组选择搭建成基石，那么端坐于人生的金字塔顶端，该是大概率事件了吧。

我们表白爱，都是美的，柔软的，温馨的。我们在生命里种下的粮食、水、蔬菜，被这些爱搅拌着，长成美轮美奂的躯体。我们赋予躯体理想，打开生命玄关，要长成万物之灵，要长成"重要"的样子，要长成比别人高的样子，可什么才是雕刻这些的鬼斧神工呢？

汪国真用《只要明天还在》来呼应：

只要春天还在

我就不会悲哀

纵使黑夜吞噬了一切

太阳还可以重新回来

只要生命还在

我就不会悲哀

纵使陷身茫茫沙漠

还有希望的绿洲存在

只要明天还在
我就不会悲哀
冬雪将会悄悄融化
春雷定将滚滚而来

　　明天是希望，在热爱生命的道路上，铺满了美好祝福的彩石。不过，石头也有顽劣的时候，弄不好还硌你的脚，甚至摔得头破血流。它们其中还有生得甚至比黑夜还要丑陋，披着风险和失败的外衣，企图窒息我们……我们防不胜防。既然选择了明天和未来，我们就要捍卫自己的精神法则，去营造依然向前的氛围。

　　这氛围里所有的动力都源自无怨的青春，无悔的生命。

　　当我们变成了地平上线上的一棵树，华盖如荫，虬枝苍劲，在碧朗洁净的天空里微笑，在风雨雷电中架一把琴，大珠小珠落玉盘，谁还会在意那些曾经鄙夷过你的小草小花呢。

　　明月装饰了你的窗子，你装饰了别人的梦。如今，汪国真成了装饰别人梦的人，他仰望生命，倾泻诗歌。每每打开，希望的春雷都惊醒我下笔的缘由，不敢放弃，让藤蔓的梦和文字深深缠绕在一起。哪里敢怠慢，生怕一个转身，命运就会拔掉一根肋骨，血流满地，再也写不出深蓝的文章。

　　生命清晰，境明，一切皆明！

　　留给世界的背影在地平线上，在远方的泥泞中，在高飞的不惧中，在风雨浇透的年轮中。

妙龄时光

不要轻易去爱
更不要轻易去恨
让自己活得轻松些
让青春多留下些潇洒的印痕

你是快乐的
因为你很单纯
你是迷人的
因为你有一颗宽容的心

让友情成为草原上的牧歌
让敌意有如过眼烟云
伸出彼此的手
握紧令人歆羡的韶华与纯真

【赏析】

前些时候的周日，去泡图书馆，成人阅读区的座位满满当当，我抱着一摞书，在安静的人群中不知所措。一个扎着马尾的女孩儿朝我努努嘴，示意我去儿童阅览区落座。

与明显小一号，不合身板的桌椅挤在一处，有些滑稽。遇见滑稽，该是握紧令人歆羡的韶华与纯真了吧，自然中也潜伏着少年的囧，在囧里伸长眼，偷窥出一段秘密。

翻看书的深处，一个画着圣诞老人的卡通贺年片跳入眼帘，像一簇火样的红领巾，在纸墨里顽皮。

小竹：

今天是你的生日，首先祝你生日快乐！

虽说我们坐同桌时间不长，但我觉得你是个真性情的女孩，你不太爱学习，但你能认真对待它，我觉得这是我比不上的。

你待人有礼貌，每次啊，我总是逗你，你恼了，也不说难听的话。

你很可爱，你的逃课理论，让我惊服啊！

不过你身体实在太虚弱了，记住哦！在学习的时候，一定要多注意身体，不然我会心疼的。

最后，再祝生日快乐！

纯洁的你，好吗？你是怎样的少年？少年与妙龄相遇，是青春的天气吗？"关关雎鸠，在河之洲。窈窕淑女，君子好逑。"

你一定是会吟诵的，何不引来一用？妙龄如果接到你的祝福表白，她会怎样？会笑吗？

这小笺落款在 2016 年 12 月。哦！已经两年了，你们牵手了吗？成了彼此的宇宙？你们已各奔东西偶尔联系，清风吹过，你校服的白里，飘着她婴儿肥的粉红？你的梦碎了，伤口流血，现在也该痊愈了吧！时间对你的包扎，把你的小心脏都染成了苍翠欲滴的绿，还要前行，还要勃勃生机。

因缘际会，还想认识妙龄的你。

我猜的对吗？

平凡的魅力

我不会蔑视平凡，因为我是平凡中的一员。我的心上印着普通人的愿望，眼睛里印着普通人的悲欢，我所探求的也是人们都在探求着的答案。

是的，我平凡，但却无需以你的深沉俯视我，即便我仰视什么，要看的也不是你尊贵的容颜，而是山的雄奇天的高远；是的，我平凡，但却无需以你的深刻轻视我，即便我聆听什么，要听的也不是你空洞的大话，而是林涛的喧响海洋的呼喊；是的，我平凡，但却无需以你的崇高揶揄我，即使我向往什么，也永不会是你的空中楼阁，而是泥土的芬芳晨曦的灿烂。当然，当那些真挚的熟悉的或陌生的朋友提醒或勉励我，不论说对了说错了我都会感到温暖。

孤芳自赏并不能代表美丽也不能说明绚烂，自以为不凡更不能象征英雄气概立地顶天。

我承认，我的确很平凡。平凡得像风像水像雪……然而，平凡并非没有自豪的理由，并非没有魅力可言。

风很平凡，如果吹在夏天；水很平凡，如果是沙漠中的一泓清泉；雪很平凡，如果飘落在冬日与春日之间……

我欣赏这样的平凡，我喜爱这样的平凡，我也想努力成为这样的平凡。

【赏析】

好多年没见的朋友，终于团聚了。

他们和年轻的时候如此不同，有的一双眼睛里淌着海洋，有的眼角和嘴角挂满钩子，有的腆着硕大肚子满嘴"富贵"，有的瞳仁蓄水飘飘新风……

眼睛里淌着海洋的小汪同学，已成了科学家。这个农村的贫困生，每天第一个到达课堂，每天走好远好远的路，去贫瘠的田里抚弄瘦弱的秧苗，每天油灯下歪歪扭扭的单词重叠在一张纸上。

英子老的真快。听说得了一场大病，当初操场上跑得最快的女孩，咯咯咯的笑声让路边的小花都震下了瓣儿。这个心大的女人，如今经常躺上白色的床单，把自己的血和机器来一场交换。我们相聚的那一晚，她喝了红酒，悄悄告诉我："一切都挺好"。那一晚，她的眼角和嘴角都开着桃花，钩住了春天。

大军的肚子像藏了娃娃。他忽悠每一个同学喝酒，喝好多酒。他说："这几年生意真难做啊！快把人逼疯了。"同学说："你前几年风光够了吧，肚子上的肉都冒着金光。"大军喝多了，呜呜呜的哭："读书少了，没眼光，太贪心，把老本都快赔完了。"

正月的风依然夹着寒。莉萍把同学们一一送走，酒店门口霓虹璀璨，她的侧影好美，淡淡的妆容，眼珠儿清澈见底，睫毛如两排初春的杨柳。2018年，莉萍当选人大代表。她二十年如一日坚持不懈热情服务，她驾驶的23路公交车成就了64万多公里"零投诉、零违章、零事故"的优异成绩，被国家授予"爱岗敬业驾驶员"。

原来岁月还在，并没有真正逝去，不过是以另一种"平凡"存在，它躲在春夏秋冬风雨雷雪的圭表里，悄悄打量我们的容颜，指向鲜活的人间烟火。

平凡，多么经得住品咂的词语，新鲜岁月沾染，让一个个平凡变得不再平凡。

友情是相知

友情是相知。当你需要的时候，你还没有讲，友人已默默来到你的身边。他的眼睛和心都能读懂你，更会用手挽起你单薄的臂弯。因为有友情，在这个世界上你不会感到孤单。

当然，一个人也可以傲视苦难，在天地间挺立卓然。但是我们不得不承认，面对艰险与艰难，一个人的意志可以很坚强，但办法有限，力量也会有限。于是，友情像阳光，拂照你如拂照乍暖还寒时风中的花瓣。

友情常在顺境中结成，在逆境中经受考验，在岁月之河中流淌伸延。

有的朋友只能交一时，有的朋友可以交永远。交一时的朋友可能是终结于一场误会，对曾有过的误会不必埋怨，只需说声再见。交永远的朋友用不着发什么誓言，当穿过光阴的隧道之后，那一份真挚与执著，已足以感地动天。

挚友不必太多，人生得一知己足矣，何况有不止一个心灵上的伙伴。朋友可以很多，只要我们有一个共同的追求与心愿。

友情不受限制，它可以在长幼之间、同性之间、异性之间，甚至是异域之间。山隔不断，水隔不断，不是缠绵也浪漫。

只是相思情太浓，仅是相识意太淡，友情是相知，味甘境又远。

【赏析】

《世说新语》里有这样一个故事，说的是东晋名臣王恭和王忱的那点过往，他俩同为魏晋太原王氏子弟，均青年扬名，两人原来好得穿一条裤子，后来因政见芥蒂而分道扬镳，最后发展到"挥拳相向"的地步，这段人生经历恐怕只能用"一言难尽"四个字来形容。但即便两人不相往来之后，这段精神欣赏还在继续发酵，每每遇到良辰美景，王恭总会想起王忱。有一次早春，王恭独自散步到美景绝胜处，忽然冒出一句："王忱呀，王忱，你这家伙太有才了，简直是没得话说。你要是在我身边，我们一起共赏这美景该有多好啊！"话里话外透露着对朋友的思念和相惜。那一刻，所有的芥蒂都在眼前的美好中纯净空灵起来，如早春二月的气度足可以包容所有的轻寒和温暖。

明朝思想家、心学创始人王阳明也有这样一位知音，堪比伯牙和子期，他就是心学甘泉学派创始人湛若水。这里有个友情提示，心学后来演变出七大流派，正是有这些不同面向的存在，才使得明代心学发展异彩纷呈。这些不同的思想派别之间既有千丝万缕的联系，也有歧异之处，虽同属心学阵营，但在心物关系、格物、良知等问题上却不无纷争，且难以调和。

湛若水，广东人，早年丧父，家道清贫，年少时无意高考做官，因为母亲的苦苦规劝，才勉强考了个进士，后入翰林院。王阳明山东乡试当监考官时，认识了湛若水，这两人一见如故相见恨晚，所有生命里的相遇都是有原因的，他俩习性接近，惺惺相惜，而且都有圣人之志。

王阳明曾经感叹："我老王活了三十年，没见过老湛此等智慧之人。"湛若水则评价："我行走江湖，阅人无数，没见过老王此等牛人啊！"纵然日后哲学见地不同，双方在思想边界轮番攻守，但感情仍是日益深厚。

那年，王阳明惨遭奸臣暗算，被贬贵州龙场，当时料峭东风吹人冷，别人都避之不急，只有湛若水号召几个好友，去为他赋诗壮行，两人一唱一和，道不尽高山流水依依情。

贬谪路上，王阳明在钱塘江边诈死，瞒过了刘瑾追杀和众人的视线。那湛若水在毫不知情的情况下，竟哑然失笑，道：这家伙一定是伪装的现场，想逃避世事吧。

知音世所稀啊！湛若水太了解王阳明的战略战术了。

1529年冬，王阳明大限将至，走水路时船夫都不敢行的太快，生怕王阳明的病体受不了颠簸，即使就这样，他还是倔强的要求以日行五十里的速度"挪"到了广东，在湛若水的老家默然伫立瞻仰了一番，并题诗于壁上"落落千百载，人生几知音"。

王阳明去世后，湛若水每每回忆，都卧不觉醒，双目暗潮涌动，其实两位都是真金圣贤，都是精彩之人，虽然家境悬殊，思想两歧，但都能做到相互欣赏对方最朝阳的一面，这种包容也是人性所提倡最纯明无瑕的良知。我们在王恭和王忱、王阳明和湛若水身上没有闻到"文人相轻"的酸腐，只看到清露晨流的纯粹，旷古绝伦的大气。

人生匆匆，能多几个如此知己便是极大的幸事了，一个"懂"字，该是怎样温柔相待。但愿我们能在生命里最畅达，或最多舛的时刻摇起友情的浆，共同执手抵达珍惜之岸。但愿我们都是精彩的，精彩到足以收纳所有的嫌隙，挽手初心。

惟有追求

生活是一望无际的大海
我是大海上的一叶小舟
大海没有平静的时候
我也总是
有欢乐　也有忧愁

即使忧愁
如一碗苦涩的黄连
即使欢乐
如一杯香醇的美酒
把它们倾注在大海里
都太淡了　太淡了
一如过眼烟云
不能常驻我心头

惟有追求
永远和我相伴

在风平浪静的时候

也在浪尖风口

【赏析】

其实忧愁也没什么不好。

知道什么是快乐，知道自己的柔弱心，知道黄连是药，一切才明明白白刚刚好。

海里的小舟，怎么攀比，都会忧愁，你那样博大辽阔，而我如此渺小，小到不能主宰，小到难以平衡；海里的小舟，怎么瞭望，都是快乐，我何等玲珑，海面上的风伴我轻舞，如婀娜的人鱼公主。

黄连，独饮口角的苦涩，入得六腑，九曲回肠，清热泻火，以苦拔毒，苦也有福。

美酒，玉碗盛来琥珀光，把酒持螯，杯酒戈矛，在历史的沧海中，不过是粼粼波光的卵，孵出游走的小故事。

海与舟，大有大的辉煌，小有小的精微。

黄连与美酒，苦有苦的深味，甘有甘的暴虐。

"争渡！争渡，惊起一滩鸥鹭"，是少女无知无畏的小闹腾。

"孤舟蓑笠翁，独钓寒江雪"，苍茫一片，满目空景，能独享独乐，已是中年。

"沉舟侧畔千帆过，病树前头万木春"，人生的洗礼，躲不开万事的历练，即使惆怅，依然达观，相信春天在不远方。

这样的递进，灼灼生命最清澈的觉悟。少年无畏方显英雄本色。中年避世，孤独求败，已是轻慢随意的淡定。而咽下潮涌的苦，负重前行兀自繁茂，才是圣人的风骨。

晴天时爱晴，雨天时爱雨，追求是人心，走过是过程。

假如你不够快乐

假如你不够快乐
也不要把眉头深锁
人生，本来短暂
为什么　还要栽培苦涩

打开尘封的门窗
让阳光雨露洒遍每个角落
走向生命的原野
让风儿熨平前额

博大可以稀释忧愁
深色能够覆盖浅色

【赏析】

人生"十有八九不如意"，如果这些不如意再生出"八九
不快乐"来，这就坏了，你的生活该有多么的沮丧和不堪呢？

"人生本来短暂／为什么／还要栽培苦涩"。这一问，仿佛是人生终极问题，所有的苦果似乎都是自己种下的。"打开、阳光雨露、原野、风儿"这些词儿都是动词，酣畅流动的惬意，把人置于神清气爽的空间，宛如打开心门的钥匙。打开了门，恍然明白，哦！博大是海，你的小泪珠怎能与之媲美；深色是山，你肤浅的情绪不过是弱弱的鸟语。

每个人在不快乐时，都会自我追问，汪国真用浅显的小诗诠释了这个最容易忽视的真理，他说，只要拥有一颗更博大、宽容、追寻的心就能获得快乐！

而我，在某个阶段，也写了一篇文章，算是交了答卷：

近一两年，有关从"体制"转身跳入"江湖"的故事已不再是传说。"世界这么大，我想去看看"辞职信言简意赅，在网络上疯传，"一场说走就走的旅行"一时间风头无二。辞职人员中高级别的官员越来越多，更友情提示，要有随时转身的能力，不至于除了会当官，其他什么也干不了了。一篇"体制内是深井，体制外是江湖"的网文以深度好文的标签被高高贴起，可见这个社会走进了一个微妙的更迭时代，人们在躁动不安中更加注重自身的价值体现，社会体制在国家机器的雕塑下，越来越严谨，让身在其中的国民发挥更大的想象。

"体制内"指国家机关、企业、事业单位等组织制度中起主导作用的一部分。其他的就是体制外了，《江湖：南宋"体制外"平民诗人研究》更是给了最原始的注解：名曰"江湖"，厥义有二焉。其一当然是概所论主角永嘉四灵以及江湖诗派而言之。其二则相对于"庙堂"、"朝廷"而言。

顾名思义，体制中的你就是机器，不断受到各种文件，制度，会议的制约，你像一个从小被缠了手脚的孩子，即使成年，也不一定能在风雨中奔跑，你的井口大的天，是望不到头的复制，看得到头的年轮，做多做少、干好干坏在薪酬上难以体现，晋升上又面临诸多不确定因素，拿着可以保命的口粮，失去了捕捉的犀利，逐渐演化成一个规范的文本格式。

　　于是，他们开始思念起"江湖"。然而"江湖"自由，却处处暗藏利刃，疲惫不堪的脚步终究无法停止，没有安全感和存在感的自由逊了点稳重的颜色，冷却成一个大大的感叹号。

　　深井里的人，攀上井沿，眼里到处是自由的欢歌，江湖人士随时就有"一场说走就走"的旅行，微信QQ里自由的言论，缤纷的相片片，洒脱着用不完的雪花银，时刻骚扰井中人的小心脏。

　　江湖中的生命气喘吁吁地对着深井大喊，你们真TM的舒服，无风无雨也春秋……

　　近年来，就业环境不断向着宽松、自由、多元的方面发展，体制内外的区别正在一步步缩小，加之八项规定反腐力度的加大，体制内梦寐以求的级别也成了高危源头，体制内的优越感削弱越来越明显，这是毫不犹豫的社会进步；体制外，经济进入瓶颈，中小企业发展方向不清晰，受融资难，受线上线下制约，大块头企业面临世界一体化的抉择，担忧着全球资产的再次分配；那些游离在边缘的人，找不到社会存在感，如同一只孤独的瓢虫。

　　德国犹太裔思想家汉娜·阿伦特这样写道，"即使在最黑暗的时代中，我们也有权期待一种启明，这种启明或许并不来自理论和概念，而更多的来自一种不确定的、闪烁而又经常很微弱的光亮，这光亮源于某些男人和女人，源于他们的生命和作品，它们在所有情况下都点燃着，并把光散射到他们在尘世所拥有的生命所及的全部范围"。

如此，无论你是江湖抑或深井中的人，都要有所期待，生命、职业、责任是人生最富有的作品，无论处于何时何地，都要尽量去点燃它，灵魂才不至于虚脱，精神才可以狂舞，何况我们这个时代并不全是黑暗，只有偶有阴霾罢了。

体制内深井的人需要改变，在井底开荒种良，育苗栽花，扩大修建自己的精神基地，在高效完成工作任务的同时，提炼腹中超凡能力，将原来消磨在牌桌饭桌的时间找回来，将年少未尽的兴趣爱好捡起来，转化为一技之长，适当参加一些社会活动，承担社会责任，放大格局，点燃激情，分散那些恼人的功利心，从江湖中汲取营养，即使哪一天想从井中爬上来，也有迎向风雨的利器，也有拐角就是转机的担当。

风雨中的江湖侠客们可否停一停，挖一口深井，让甘甜的井水滋养你疲惫的身心，添加到五谷杂粮中，八宝粥中的文化、哲学、宗教、奉献、感恩助力消化，让你的焦躁缓缓排出，充分改变延展自己的能量，一身轻松奔跑在彩虹出来以后……

"江湖有井自逍遥，井中江湖有洞天"，你，准备好了吗？

美好的愿望

我要用一生去实现
心中美好的愿望
即便那是一条
没有尽头的路
走向远方　又有远方

有时，感觉自己
真像一只孤独的大雁
扇动着疲惫的翅膀
望天也迷茫　望水也迷茫

只是从来不想改变初衷
只是从来不想埋葬向往
我不在乎　地老天荒
只要能够　如愿以偿

【赏析】

《希腊神话》里，在特洛伊战争结束后，幸存下来的英雄诸神们先后返回故乡，其中的奥德修斯在回家的路上几经劫难，险遭不测。美女的胁迫，财富的诱惑，大力魔鬼的追杀，弹尽粮绝的挣扎……都在奥德修斯面前败下阵来。他最终用强大的力量，挽起初心的手，架起智慧的藤，筑一条绿影婆娑的通道，回到了魂牵梦绕的家乡。

在《希腊神话》里，神与人同形同性，神具备人的思想感情，有着像人类一样的性格和习惯，卓越的人都有神一样的坚强意志。似乎神话里的故事都是凡人灵魂的演绎，被神的旨意化妆成超级智慧和力量。这样的神话在我们幼小的身体里发芽、结果，造就着小小的英雄主义。英雄主义偶然也有迷茫，但一定会在实现自己梦想上冲锋陷阵。

神话里的故事从来都不是骗人的，他的价值在于灵性的记录历史，让我们发现不同皮囊下的本质，既能穿越远古，又能看到前方。地老天荒这个神话般的设计，终其一生谁也看不到，但努力后的如愿以偿一定近在咫尺。

望天也迷茫，望水也迷茫。再粗糙的神话中，大雁一样要南飞，温暖才是渴求的家乡。天地有宙斯之神守护，所有的祈望都不会被埋葬，即使肉体已亡，灵魂依然在飘荡。人和神在宇宙的最高层重逢，手把手交接的依然是最美的愿望。

天体统一于物质，人神统一于向往。

汪国真开始用孤雁煽动疲惫的翅膀在诉说情愫的徘徊，可全诗的终结铿锵有力，依然回到了心灵的原乡：美好。

诗很短，但句与句之间，仿佛就是自我神灵的一路升级打怪。是神话也是现实。

我是
一辰
菜
筋脉
之毒
林

甲午秋 汪國真 [印]

剪不断的情愫

原想这一次远游
就能忘记你秀美的双眸
就能剪断
丝丝缕缕的情愫
和秋风也吹不落的忧愁

谁曾想　到头来
山河依旧
爱也依旧
你的身影
刚在身后　又到前头

【赏析】

诗人的爱总是有不一样的味道，爱把山河画地为牢，原想的远游跳脱不出爱的界地。诗人的忧愁与远方链接，再生出一段爱情，这个故事就丰满了，有分量了，这爱如影随形，刚在身后，又到前头。因为诗歌，汪国真不再孤单，他把心事予以托付，不伪装，不矫情，直面过去，直面错过。

因为诗人坦诚，我很快顺着丝丝缕缕的情愫，找到了秀美的双眸：

1982年，汪国真大学毕业后，被分配在北京文化艺术出版社工作，为了更好地完成编辑工作，他报名参加了一个美术培训班。在班上，他遇见了初恋。

女孩如蓬勃的小白杨，一头乌发在一袭白裙上温柔的漾开着，顾盼之间，书香晕染的容颜格外清新。汪国真从老师的点名中，记住了女孩筱清，并深深刻在了心房。

年轻的汪国真内敛、安静，像一个害羞的孩子，不敢主动表白，即使筱清飘过来的眼神如春风般多情。一天，筱清没有来上课，汪国真慌了神，赶紧向和她要好的女同学打听。原来筱清男朋友家里有事，她临时帮忙去了。这个消息，让汪国真从情窦初开的童话里慌张逃离，从此再也没有踏进美术班半步。

多年后，一次偶遇，更让汪国真对这段感情唏嘘不止。1990年10月，初秋的街头，汪国真如散漫的小鹿，沉醉在金黄气清的诗意中。忽然，一辆凤凰自行车载着一个熟悉的身影迎面而来。是她，多年不见的女孩。6年后的重逢，仿佛是一场注定，他们相约在西单的咖啡屋里，打开了心扉。原来，筱清对汪国真的感觉也挺好，心里经常的小涟漪都流浪在日记本里，朦朦胧胧泛着汪国真的名字。否则，六年前的眼神里怎么会刮着小小春风？临别时，筱清说：你和你的诗歌永远藏在我的心底里，刻骨铭心！望着这个已是母亲的女人，汪国真百感交集。随即留诗《六年》：

你没有走进我／却走进了我的记忆／我没有走进你／却走进了你的日记／六年后／我们才明白了彼此的心思／不禁庆幸／那次错过／不是结局

　　浅白如少年的心事，在纸上淡淡滴着青春，和未来黏在一块，凝成了白月光下的朱砂痣。

　　幸好人生有聚散，才让回忆都化成一句句美丽的诗行。两年后，汪国真低调完成了婚姻大事。

　　遇见与分离，重逢与错过，得到与失去，都不是结局，人生有太多滋味等待品尝……

倘若才华得不到承认

倘若才华得不到承认
与其诅咒　不如坚忍
在坚忍中积蓄力量
默默耕耘

诅咒　无济于事
只能让原来的光芒黯淡
在变得黯淡的光芒中
沦丧的更有　大树的精神

飘来的是云
飘去的也是云
既然今天
没人识得星星一颗
那么明日
何妨做　皓月一轮

【赏析】

倘若才华得不到承认怎么办？唯一的办法只有两个字"耕耘"。我们都是炎黄的子孙，农家的后代，耕耘是宿命，这个道理人们都懂，但汪国真诗意的表达更具有灵性的、高尚的美。他用天界的云、星星、皓月作比，层层递进，步步升华，赋予苍穹通灵妙趣，播下满目智慧的种子。

倚窗而思，许多记忆灵力般的复活了，倏忽间步入"百合谷"……

在一个偏僻遥远的山谷里，有一处数千尺高的断崖。不知道什么时候，断崖边上长出了一株小小的百合。

起初，百合长得和野草一模一样。但是，它心里知道自己不是一株野草。它的内心深处有这样一个念头："我是一株百合，不是野草。唯一能证明我是百合的方法，就是开出美丽的花朵。"

有了这个念头，百合努力地吸收水分和阳光，深深地扎根，直直地挺着胸膛。

终于，在一个春天的清晨，百合的顶部结出了第一个花苞。

百合的心里很高兴，附近的野草却很不屑，它们在私底下嘲笑百合："这家伙明明是一株草，却偏偏说自己是一株花，我看它顶上结的根本不是花苞，而是长了一个疙瘩……"

在公开场合，它们也嘲笑百合："你不要做梦了！即使你真的会开花，在这荒郊野外，你的价值还不是跟我们一样。"

偶尔有飞过的蜂蝶鸟雀，它们也会劝百合不用那么努力地开花："在这断崖边上，纵然开出世界上最美的花，也不会有人来欣赏啊！"

百合说："我要开花，是因为我知道自己有美丽的花；我要开花，是为了完成作为一株花的庄严使命；我要开花，是由于自己喜欢以花来证明自己的存在。不管有没有人欣赏，不管你们怎么看我，我都要开花！"

在野草和蜂蝶的鄙夷嘲笑下，百合努力地生长着。终于有一天，它开花了。

百合花一朵一朵地盛开着，花朵上每天都有晶莹的水珠，野草们以为那是昨夜的露水；只有百合自己知道，那是极深沉的欢喜所结出的泪滴。它那透着灵性的洁白和秀挺的风姿，成了断崖上最美丽的一道景色。

这时候，野草和蜂蝶再也不嘲笑它了。

此后，年年春天，百合都努力地开花，结籽。它的种子随着风落在山谷、草地和悬崖边上，让那些地方到处都开满洁白的百合。

几十年后，人们从城市，从乡村，千里迢迢赶来欣赏百合开花。孩子们跪下来，快乐地嗅着百合花的芬芳；情侣们手拉着手，许下"百年好合"的誓言……无数的人看到这从未见过的美丽，感动得直落泪。

那里，被人称为"百合谷"。

不管别人怎么欣赏，满山的百合花都谨记着第一株百合的教导："我们要全心全意默默地开花，用花来证明自己的存在。"

——林清玄《百合花开》

如果你的才华得不到承认，请你去一趟"百合谷"吧！汪国真的百合花一定也绽放在了那里。否则，那些对他笔诛墨伐的人如何被风轻云淡。

百合花是送给"耕耘者"的最好礼物，让时间证明，让星星和月亮证明。

旅　程

意志倒下的时候
生命也就不再屹立
歪歪斜斜的身影
又怎耐得
秋叶萧瑟　晚来风急

垂下头颅
只是为了让思想扬起
你若有一个不屈的灵魂
脚下，就会有一片坚实的土地

无论走向何方
都会有无数双眼睛跟随着你
从别人那里
我们认识了自己

【赏析】

人和诗歌结缘，敏感就来了。敏感里幽居着委屈"秋叶萧瑟晚来风急"。

汪国真走得太突然了，太快了，太远了。这首诗短短几行，仿佛浓缩着他的生命旅程。他对时代敏感，创造出让广大青少年茁壮成长所需的正能量，在写诗的人比读诗的人还多的尴尬中，掀起了汪国真热潮。他对生活敏感，引着我们发现自然美、心灵美、人性美。这些起初不受主流媒体的待见，却在他生命的回旋中闪出最夺目的辉煌，他的精神在被退稿，被打击，被孤立中生出更粗壮的藤，穿过栏杆，攀上围墙，开出一堵堵惊艳的励志之花。

敏感不仅内在的主导着人的行状，也深刻地影响人的命运，而且置身于怎样的社会生活，遭遇怎样的时代背景，又给这种性情的释放、命运的走向，带来了极大的不确定性。其实说白了，命运的路线既没有曲直之分，也没有既定的起点和终点，就是因为这些的不确定，才产生了"欲擒故纵""未雨绸缪""峰回路转""柳暗花明"这些个雾里看花、花更俏的成语。

《列子·汤问》："回旋进退，莫不中节。"

是对命运挫折、回旋、进退、转身的官方注解之一。剖开来说，人的回旋有两种，一种是心之所向，选择短暂的退让，然后驶达圆满的彼岸，也就是"垂下头颅 / 只是为了让思想扬起"；另一种，也是大概率事件，是处境逼得不得不回头，回头不过是从头规划，再寻方向，但"脚下 / 就会有一片坚实的土地"。

这两种回旋在汪国真的诗中屡见不鲜，它们变成了眼睛、远方、旅程，最后在卧薪尝胆、运筹帷幄，胜利中，让别人认识了自己，让大众接受了自己。"命运的回旋几人看得懂"，这种勇气和淡定引人深长回味。

故乡的雨

刚一走出故乡的小站
便碰上了下雨
挟着山林的清爽
带着故乡的气息
我没有犹豫
我没想躲避
一头扎进雨幕里

哦，故乡的雨
就像故乡的孩子一样顽皮
时而骤　时而稀
时而疏　时而密
深深吸一口凉爽的空气
我加快步伐
向故乡的山林走去

山道弯弯

小径曲曲
蹲下来
挽挽裤腿
把松了的鞋带
再系一系
雨浇透了鞋面
雨淋进了脖里

哦，好雨
春天的雨
不是忧是喜
故乡的雨
不是水是蜜

穿过茂密的竹林
跨过清澈的小溪
走过两座小石桥
哟，到了
我一头扑进故乡
怀抱里

站在小屋门口
又一次打量自己

衣服全湿透
脚上一腿泥
但我还是舒心地笑了

故乡的雨
淋在身子上
落进心坎里
丝丝都是温柔
滴滴都是甜蜜

【赏析】

把归乡人最不易捕捉的丝丝温柔，敛于诗中极尽幽微的展示，机智抓住了人性最易敏感的源头。茂密的竹林，清澈的小溪，成双的小石桥，久违的小屋深藏着诗人的年华、纯真。这些种在骨子里的回忆，被顽皮的雨丝甜甜的围绕、戏弄、打湿⋯⋯这样的浪漫也许并不独特，但格外动人，超越了记忆本身，让心乡开出无际的春色。

古有"天街小雨润如酥，草色遥看近却无"的舒爽朦胧，"小楼一夜听春雨，深巷明朝卖杏花"的绵绵愁绪，"空山新雨后，天气晚来秋"的空灵雅趣，"枕上诗书闲处好，门前风景雨来佳"的散淡不经意。今有汪国真"淋在身子上，落进心坎里"的简单真挚。诗，原本天生天长，也没有约束，雨想落到哪里就落在哪里，诗人想呼唤什么就呼唤什么。如此自由的雨打湿的一定是自由的心。

在这首诗里，伟大的故乡以最温润最自由的样子呈现，诗人想说的明明白白清清楚楚已经搁那儿了，如此朴素的美当我们扑进去后，一下子蜕变成了最诗意最深情的雨中人。

十年前的雨夜，刚刚手术完，也曾写下《雨》

窗外刺刺的雨／和床单的白纠缠在一起／争抢着女人素冷的心／花的影儿洒了／书落了地／任凭它微风吹卷／镜里白脸儿清清／手里拿着的／是落下雨的笔

在这帘娟透和执念后，青白的脸顿时有些霞红，其实这不是多愁善感，只是不想丢失残存的生动，想想可否重新再规划一下日子，不再"死了"一样重复，重新激活岁月的余温。

雨一直下，下的那么痴情。天晴后，落下雨的笔开始自由，浇灌的文字笨拙的冒出一只只萌萌的花芽。

那一年的雨，唤醒了一个迷茫的人。

雨的随想

有时，外面下着雨心却晴着；又有时，外面晴着心却下着雨。世界上许多东西在对比中让你品味。心晴的时候，雨也是晴；心雨的时候，晴也是雨。

不过，无论什么样的故事，一逢上下雨便难忘。雨有一种神奇：它能弥漫成一种情调，浸润成一种氛围，镌刻成一种忆记。当然，有时也能瓢泼成一种灾难。

春天的风沙，夏天的溽闷，秋天的干燥，都使人们祈盼着下雨。一场雨还能使空气清新许多，街道明亮许多，"春雨贵如油"，对雨的渴盼不独农人有。

有雨的时候既没有太阳也没有月亮，人们却多不以为意。或许因为有雨的季节气候不冷，让太阳一边凉快会儿也好。有雨的夜晚则另有一番月夜所没有的韵味，有时不由让人想起李商隐"何当共剪西窗烛，却话巴山夜雨时"的名句。

在小雨中漫步，更有一番难得的惬意。听着雨水轻轻叩击大叶杨或梧桐树那阔大的叶片时沙沙的声响，那种滋润到心底的美妙，即便是理查德·克莱德曼钢琴下流淌出的《秋日私语》般雅致的旋律也难以比拟。大自然鬼斧神工般的造化，真是无与伦比。

一对恋人走在小巷里，那情景再寻常不过。但下雨天手中魔术般多了一把淡蓝色的小伞，身上多了件米黄色的风衣，那效果便又截然不同了——一眼望去，雨中的年轻是一幅耐读的图画。

在北方，一年365天中，有雨的日子并不很多。于是若逢上一天，有雨如诗或者有诗如雨，便觉得奇好。

【赏析】

雨，是诗人的衣钵，盛满了绵细的情丝。晴也有雨，是回忆，是思念，是救赎。雨也有晴，是阳光，是向往，是传奇。

在雨中，我们升华了太多亲密；在雨中，我们唏嘘了多少别离；在雨中，你的笑中含泪；在雨中，我们跌倒又爬起。

《雨的随想》是诗人汪国真先生早年的一篇随笔。短短的文章里，处处是"雨"的长篇，时时爆发着"情"的故事。有家乡、恋人、街道，更有李商隐的巴山夜雨。它们为谁而来，为谁张望……

毋庸置疑，雨是汪国真的知心树，在生命的深处涤荡。雨随时而来，在灵魂的深处闪耀，那种滋润到心底的美妙，是钢琴下流淌出的《秋日私语》，是恋人温馨的米黄色风衣蕴染的耐读图画。

此时作者早已温润至舍身化雨，哪里遇得上《雨巷》里丁香花姑娘的惆怅。

　　这一切向美而生，美对一个诗人是致命的诱惑，然后纠缠在诗人的情感树上，开成理想主义的花叶。

　　世间原本美好，有人却视而不见，错过太多的美好，甚至不愿意去接近美，歌唱美，终其一生成为美盲。这是多么遗憾的人生体验。木心说："平常日子我会想自杀，'文化大革命'以来，绝不死，回家把自己养得好好的。我尊重阿赫玛托娃，强者尊重强者。"

　　说这话的时候，木心先生正在历劫"文化大革命"期间的牢狱之苦，其作品皆被烧毁，三根手指被生生折断。在狱中，木心先生用写"坦白书"的纸笔写出了洋洋 65 万言的《The Prison Notes》，手绘出的黑白琴键无声地"弹奏"莫扎特与巴赫。木心用美在拯救自己，拯救那个时代，拯救那些黑白颠倒的美盲。

　　以死殉道是一种强，以生殉道也是一种强，生应该比死更美更强。

　　1982 年，木心旅居美国。他笑谈，自己讲座的"盛况"："风雪夜，听我说书者五六人；阴雨，七八人；风和日丽，十人。我读，众人听，都高兴，别无他想。"在木心的信仰中，美是带着温度的传播，是人生在世不可贪污的宝藏。

　　汪国真亦如此。在雨中……

时银无玉作石华
素能当色

丁亥江国真书

海边的遐想

一排排涌浪涤荡着心头的尘埃，灵感被浪涛击伤，裸露着一片苍白。时间满面晦暗，没有了往日的神气今日的风采，我的眼睛，久久驻扎在流逝的过去与遥远的未来。

翩飞的海鸥无忧无虑拍打船舷撞击胸口，如果飞翔便是价值便是愉悦，又何必向看着你的人解释表白？人类总觉得光阴苦短道路漫长，世世代代不知有多少英雄豪杰仰首问苍穹：生命为什么不能飞起来？

恋人们留恋沙滩仿佛当年战士钟情炮台，一枚枚在这里枯萎的贝壳，却烂漫在千里之外。瞧：人类有多贪心，来一趟海边却想捎走一个大海，可谁不是期望自己的视野里，总是满目葱茏一脉青黛？

妇女们平静地用银梭编织着海里惊心动魄的故事，搁浅岸边的斑驳古船，只能靠回忆享受出征的辉煌大海的澎湃。呜咽的螺号是波涛上最动人的音乐，蔚蓝的情愫穿过世纪之门响彻千秋万代。

身后的城市，仿佛是一座幕起又幕落的舞台，最出色的演员不在舞台上而在生活中，不知这是不是人生的幸事和艺术的悲哀。

看海与出海真是两种生活两种境界，一种是把眼睛给了海，一种是把生命给了海。

如果心胸不似海又怎样干海一样的事业，如果心胸真似海任何事业岂不又失去了光彩……

【赏析】

不知道有多少读者在这篇文章中看到了入世与出世的涵义和辩证关系。

"海边的遐想"的"海"，涌动生活、世界、未来的褶皱。面对这些，你能不多想吗？诗人的海比普通人更辽阔，更惊涛骇浪，更绵软柔情。

"翩飞的海鸥无忧无虑拍打船舷撞击胸口，如果飞翔便是价值便是愉悦，又何必向评判你的人解释表白？"诗人把自己想象成搏击风浪的海鸥，叩问自己"生命为什么不能飞起来？"这其实就是生而为人的入世态度。积极、进取、不畏艰难。海鸥在海天一色中翱翔，所有的翩飞都是人生最美的曲线，曲线雀跃的音符，振作"夸父追日"的长路迢遥。

思考从人性出发归于人性。"恋人们留恋沙滩仿佛当年战士钟情炮台，一枚枚在这里枯萎的贝壳，却烂漫在千里之外。瞧：人类有多贪心，来一趟海边却想捎走一个大海，可谁不是期望自己的视野里，总是满目葱茏一脉青黛？"当诗人营造的美丽层层叠叠，繁繁杂杂时，我们为爱情欣赏，为枯萎祝福。

即使贪心，一样真诚若痴，积极流淌自我放逐的心思。普通的渔女不也一样，即使不可以成为英雄，也会用平静的心情去编织惊心动魄的故事，闻海浪声去翻越自己的初燃世界。

"身后的城市，仿佛是一座幕起又幕落的舞台，最出色的演员不在舞台上而在生活中，不知这是不是人生的幸事和艺术的悲哀。"诗人从激烈而深情的拨弄心弦，到放缓思绪，仿佛回巢的海鸥，落于生活的腹地。"出色"与入世勾连，是艺术的风光华章。"落幕"与出世交响，亦如生活眉间心上。

"如果心胸不似海又怎样干海一样的事业，如果心胸真似海任何事业岂不又失去了光彩……"读懂海的人，既是出海的勇士，也是返航的良人。这份奖章上镶着真理的思考，生命的倾情，生活的从容。亦如重温生活的信念和处世智慧。

如此情怀，无非铺陈"让我们用出世的心态去做入世的事情吧！"

秋

秋天常常令人伤怀
因为那里有一份生命的无奈
萧瑟更加重了这种气氛
思潮不由在落叶中徘徊

自古有多少寂寞的人伤秋
望河水飘枯叶一年又一年
自古有多少伤秋的人寂寞
看天空飞疾鸟一载复一载

我说，秋是有一种悲
可那是悲壮　不是悲哀
我说，秋是一阵风
可那不仅有风沙　更有风采

【赏析】

灯下读这首诗,会想起老年李白"众鸟高飞尽,孤云独去闲"的孤独与惆怅,寻不得半点李白狂傲不羁的影子。

会想起叶绍翁"萧萧梧叶送寒声,江上秋风动客情"客居异地的乡愁。梧桐枝叶萧萧,恍惚落下的全是离人的忧伤。

会想起李清照"莫道不销魂,帘卷西风,人比黄花瘦",美丽的女人饱尝思念之苦,胖了瘦了,都与丈夫的爱生发着关系。

节候迁移,景物变换,那些剪不断理还乱的心事,都写于秋季,布满情思婉转,扯扯拽拽身上通透的脉管,真实又隐约。

我起身,把自己埋在秋夜里。

天有点凉,混沌的雾气氤氲在脸上,恹恹的,和发霉泛黄的记忆颓靡在一处。那么一小会儿,发着呆,耳机里流淌着《蓝色多瑙河》,老风衣是深蓝色,不苟言笑,和脚下喘息的落叶碎碎语语,如志同道合的故友,一下子瞄准了夜行人的小心思。

想着心事,便不再多言,不与人语。灯光下,回想着徐志摩的诗集:"轻轻的我走了,正如我轻轻的来;我轻轻的招手,作别西天的云彩。那河畔的金柳,是夕阳中的新娘;波光里的艳影,在我的心头荡漾。软泥上的青荇,油油的在水底招摇;在康河的柔波里,我甘心做一条水草!"

那年我十六岁,有喜爱的,就摘抄到日记本里,用纯蓝笔水,工整地写下。

18岁,校园里,喜欢看哲学老师的腕表,在一群素面朝天的学生中,那块黑色的腕表,彰显着个性的魅力。其实,更喜欢那件白衬衣里裹着的荷尔蒙，有点怕，有点羞。

也是在秋的季节，开始莫名敏感起来，有个发育特别早的女同学,会穿很宽大的衣服。她悄悄告诉我和"白衬衣"的秘密，那时候还不懂爱情,时不时地侧目看她一眼,看她高高鼓起的胸。毕业后,传来她因类风湿瘫痪的消息,我给她写了卡片,告诉她：我想和你一起绽放成秋天里的野菊，小小的，寂静的，开在广袤的世界里。

她走了，出殡的那天，班里多数的同学都去了，我不敢去。

同学把她写给我的卡片转给我：我们的小野菊，明年漫山遍野都是。

蓦然，心里涌出一些潮湿，穿过喉，落在眼仁上，下起了细雨。

30岁，我挽起衣袖，在厨房捣鼓着面点，做蘑菇辣酱，用未有的细致炖一锅排骨汤，过着和别人一样的烟火生活。

40岁，我穿着宽大的家居服，光着脚，窝在沙发里边吃黄瓜边读着有关风沙和风采的文字，向着人间风味，写下来日可期。

小湖秋色

秋色里的小湖
小湖里的秋色
岸在水里小憩
水在岸上漾波

风来也婆娑
风去也婆娑
湖边稀垂柳
湖中鱼儿多

小湖什么都说了
小湖什么都没说

【赏析】

　　《小湖秋色》真够直接，不大的湖锁在厚厚的秋色里，算是
背景了。岸、水、风、柳开始依次出演，只管欣赏好了，似乎

没有什么好说的，似乎又有太多的说不完。

"小湖什么都说了，小湖什么都没说"这样的结尾挂着饵。诗文终结，心还在往饵游去。好诗真意，韵脚之下，只为韵味。

很多时候，我们忘了身边的风景，忘了让塞满红尘的心找一处停留。湖水粼粼，秋色浮波，蕴着"上善"的气度，盛得下万物才能接近心灵。

走进季节，婆娑的风吹过脸庞，深锁的愁眉被一根根打开。湖边的垂柳，生长于春，茂密于夏，秋季不再枝叶葳蕤，生机蓬勃，稀稀落落如垂暮老人，自然界的法则生生不息，不是吗？"采菊东篱下，悠然见南山。山气日夕佳，飞鸟相与还。"

陶渊明独走山林，棵棵种下忘忧草。你看，水中肥美的鱼儿摇着正向的尾巴，去回答一场辩解。"一朵花儿开，一朵花儿败"。干吗要忧愁呢？如此人间盛景不就是季节的密码吗！

打开，一切从容、有情……

《荷塘月色》开头写道"这几天心里颇不宁静了"。田田的叶子，脉脉的流水，屡屡的清香，蓊蓊郁郁，隐隐约约，曲曲折折，让朱自清的心扉忽然洞开，回家的脚步踱出了平常的自己，到了另一个世界。

《小湖秋色》颇有异曲同工之处，诗句朴素自然，情感曼妙，显百态思考于风轻云淡中，没有华丽、难寻、生僻的字眼雕琢，但灵秀善美，时刻触动着思绪，打捞起心房的一角，身临其境于诗画凡间，既饱了眼福，又安然了灵魂。

"诗中有你我，你我已清明"，此中有真意，欲辨已忘言。

高山之巅

他站在险峻已极的高山上
向远方眺望
任白云在身边飘动
任飞瀑在脚下轰响
在他惊喜的双眸里
有轻盈的旭日
有苏醒的原野
有起伏的海洋

他陶醉了
陶醉于大自然
鬼斧神工的杰作
却浑然不觉
当他屹立于高山之巅
便把自己也升华为
一帧风光
一座雕像

【赏析】

在汪国真的作品里,常常出现"山"的意象,那山,也许具体,也许抽象,或许就是诗人的情绪,可不管怎样,山都在他文笔之域立成一帧风光,一座雕像。

一直坚信,一个诗人努力呈现的,一定是他文化发育的季节,遇见的最真实的自己。"他站在险峻已极的高山上"写满诗人沸腾的动力,他眼里的影像别有用意,那轻盈的旭日是温暖的理想,每天早早升起;原野上,飞马奔驰的勇士清醒地知道要去的方向;理想要变成现实,没有一帆风顺的撸桨,波浪起伏沾着曲折的暗伤。这应该不是肆意捏造的妄想,因为在诗人惊喜的眸子里,一切生机勃勃是为"起立"准备。高山之巅没有别人,只有自己,只有当理想的光芒迎面而来,平静和勇气才会瞬间迸发顶天立地的壮举。

仁者乐山,跟着诗人的情绪,忽然会想起"仁者"。

孔子 51 岁得以从政,官至相位,但他的志向远不止此,他志于还世相以清明,他的信仰里容不下"礼崩乐坏"的混乱污浊。于是他开始"周游列国",试图让某个诸侯国接受他的治世韬略。这一走,就是 14 年。他明明知道在当时争权夺霸的时代,要把他的仁政仁爱灌输给诸侯们何等艰难,但依然笃定坚持。孜孜不倦的 14 年中,他累累如犬,如履薄冰,却终究没有说服一个国家。

公园前 484 年,68 岁的孔子返回鲁国,一个白发苍苍的老人气馁了吗?没有,他的字典里从没有气馁二字。他的灵魂里从来都是洒满阳光的条条道路，积极而坚定的绵延远方……人生最后五年，孔子广收门徒，兴办学堂，领着众人一同思索觉醒，让民族、世界因尊崇而动容。

孔子屹立于高山之巅，2500 年间，人类沐浴他的照耀千秋万代。

落日山河

我站在一片秋瑟里

看落日山河

山峰巍巍如诗

江河滔滔如歌

更有无数英雄豪杰

用情怀和热血

把山河染成火的颜色

镀成金的光泽

百川归海

万仞齐指蓝天

何等气魄　何等规模

太阳落　山河不落

那是一个民族

脊梁挺立着　血液奔流着

【赏析】

人是天地之子，山河是天地之脉，民族是沿着脉络心力一致的群体。

文学、艺术、科学凭借人彰显民族的精魂。读《落日山河》天地的心力，是依托汪国真心力的表达。

汪国真的诗，口语和箴言丛生，在青春蓬勃的意林里血气方刚，热气腾腾流淌在民族的血性山谷里。他离当下很近，他的诗更无遮掩，心与诗合力，一起表彰山河雄壮，旷世神奇，百川归海，英雄豪迈。

汪国真站在秋色里，不仅看到"落霞与孤鹜齐飞，秋水共长天一色"，他还觉察出无限风光在险峰的使命，他更读懂了民族壮年的成熟与疼痛。

心力的规模，小的可以容纳一个人，一个家，一丝雨，一片云，一颗芝麻，一个西瓜。大的可以改造一座山，一汪海，一苍穹，一民族。如此大的气魄如果失去了祖国的装扮，顿时香消玉殒，哪还有火一样的颜色。

心力的艺术，需要讲究。埋下《诗经》"坎坎伐檀兮，置之河之干兮"的种子；输送风雨给养予岳飞的《满江红》于谦的《石灰吟》；扬起文天祥《正气歌》鲁迅《呐喊》的飞沙走石；秉着焦裕禄窗前的烛蕊，伸出南仁东的天眼，高唱毛泽东《沁园春》，数风流人物还看今朝。心力加上历劫后倍增的灵力，当以排山倒海之势，为民族的复兴擎起滔天伟力。

汪国真的大多数诗都连着"心力"的意向，他歌颂时代，歌颂美，歌颂平凡，这些记忆都在他的长河落日圆中聚精会神，埋伏着明天的朝阳，他说："我的诗离政治远了点，但离生活很近。"可是无论如何，他笔下的流域总会穿过民族的中心，走进时代与读者的精神中。

贫　穷

　　贫穷是不值得赞美的，值得赞美的是俭朴。俭朴是一种甘于淡泊的行为，贫穷则是一种无奈的处境。两者在精神状态上是根本不同的。

　　贫穷限制人的自由，却不剥夺人的自由。聪明人通过正当的努力减少这种限制。蠢人则冒被根本剥夺自由的风险试图解除这种限制。

　　一个贫穷的人，若同时又是一个十分虚荣的人就比较麻烦了。这样的人往往不甘于通过一步一个脚印的努力去改变贫穷的处境，而是拿青春或者生命去赌。赌赢了，他的虚荣心会得到某种程度的满足。赌输了，输掉的可能不仅是机会，而且还有青春或者生命。

　　对于相当多的人来说，他的向往富裕，不是因为厌恶清贫，而是因为他们向往得到人们承认、尊重、甚至是羡慕。这些是目的，致富只是达到目的的手段。

贫穷可治吗？试看清朝陆长春《香钦楼宾谈》中的一段叙述：清代名医叶天士一次外出，有一乡人请求看病。乡人说，您是名医，疑难病症自然了解得很清楚，我所要医治的贫病，你能医治吗？叶天士回答说，贫病我也能医，晚上你来拿药方吧。晚上乡人如约而至，叶天士要他捡城中橄榄核种植。乡人照办。不久橄榄苗长势很好，乡人跑来告诉叶天士。叶天士说，即日有来买橄榄苗的，不要便宜出售。第二天起，叶天士所开药方药引用橄榄苗，病人争相求购，乡人大发。这则故事虽短，却提供了脱贫致富的一种成功的思路或步骤：虚心咨询、独辟蹊径、把握市场、辛勤耕耘。今天读来，仍有教益。

看到别人大富大贵，对于某些贫穷的人来说，可以聊以自慰的是他能活得平安。他不用雇保镖，不但是雇不起，更是没必要。

【赏析】

2018年7月末。一篇关于贫穷的文章引发了网友的强烈反响。

寒门女孩王心仪以707分考入北大，写下文章称"感谢贫穷"。王心仪出生在河北省衡水市枣强县一个普通的农村家庭，当北大的录取通知书寄到家门口之时，她正只身一人在异地打工。

她写道：贫穷带来的远不止痛苦、挣扎与迷茫。尽管它狭窄了我的视野，刺伤了我的自尊，甚至间接带走了至亲的生命，但我仍想说，谢谢你，贫穷。感谢贫穷，你让我领悟到真正的快乐与满足，让我能够零距离地接触自然的美丽与奇妙，享受这上天的恩惠与祝福。我是土地的儿女，也深深地爱恋着脚下坚实而质朴的黄土地：我从卑微处走来，亦从卑微之处汲取生命的养分。感谢贫穷，你让我坚信教育与知识的力量。来自真理与智慧的光明，终于透过心灵中深深的雾霭，照亮了我幼稚而懵懂的心。贫穷可能动摇许多信念，却让我更加执着地相信，知识的力量。

媒体图片上，王心怡仰着一脸"乐观"，这是一条可供读者寻绎的线索。女孩靠着坚忍不拔，努力拼搏改变一切关于贫穷的限制。事实上她早已是乐观的

"聪明人"，甚至比聪明人更执着，她知道对"贫穷"展开利用，而不是困囿于"平穷"中不能自拔。在中文里，贫、穷两字解释为"极度不足"。既然"不足"，自然有大把的财物、知识、视野等可供填补，若是想最大化获取这些，当然离不了"劳其筋骨，饿其体肤，空乏其身"的手段，如果厌弃冷漠这自救之径，抱有侥幸的心理，只怕要酿成"赌博"的悲剧，包括丧失机会，甚至搭上青春和生命。这样的命题如果铺展开来，提供给我们将是诚惶诚恐的咀嚼余味。

"向往富裕，不是因为厌恶清贫，而是因为他们向往得到人

们的承认、尊重、甚至是羡慕。"这一句,如跌落惊悸之中的引子,有多少人不是呢? 破解了这个谜团,时光早已流转,好在汪国真诚实大爱,及时提醒,生怕人们迷失于自作的障碍中,得以提醒。蓦然回首,似乎那障依然历历在目。

清代名医叶天士的故事,引导改变"贫穷"的喜悦,原来一切的限制都可以幡然醒悟,生活实际可以重新排列,祸福转换不再悲喜极致,理清昨日所有的戏份,生旦净末丑谁说不能反串。"贫穷"是琐碎无章的一地鸡毛,"富裕"能把它扎成美丽的鸡毛掸子。

穷人的保镖? 是阿Q心心念念的吴妈,滑稽的精神胜利? 还是孔乙己的茴香豆,又干又硬嗑出个臭虫来。

早点回家

　　每到天冷了，胡同口就来了个卖烤红薯的老头。老人穿着件老式黑棉袄，脸上一道道挺深的皱纹刻着岁月的沧桑，下巴上的胡子长得有点像用秃了的牙刷。老人烤的红薯很香，打老远就能闻到，不时有放学的学生和买盐打醋回来路过这儿的大娘称上一个两个。老人像个恪尽职守的士兵，差不多每天都是天黑了很久，才借着昏黄的路灯收拾家伙打道回府，即使下雪天也是如此。

　　有一对年轻的恋人，是这儿的老主顾。每一次路过这里，那个长着一双漂亮的丹凤眼的姑娘都会跑过来拣上两个最大的红薯叫老人称。

　　"大爷，您烤的红薯真香。"姑娘一边搓着双手一边说。

　　"只要喜欢吃就常来，姑娘。"老人乐了。

　　"大爷，每次路过您这儿我都来。"姑娘的声音很清脆、很好听，像柔和的手指弹着夜的琴弦。

　　一次路上，她的恋人对她说："真没想到，你这么喜欢吃红薯，老这么吃也不腻？"

　　"哪儿呀，我是想让那位大爷早点回家。"姑娘笑了，笑声敲打着夜空。

【赏析】

汪国真的散文藏着巨大的秘密。秘密可以隐藏也可以昭然天下。也许，很多人会反对，昭然天下还叫秘密吗？

我说的这个秘密就是善良，不想让路人皆知却总是狭路相逢，但凡遇见，总想借助笔，借助口，吆喝一声，声波喋喋，是为延展传播善良。

卖红薯的老人像个恪尽职守的士兵，他也在守候自己的秘密。那些放了学的孩子们，倦了饿了是要寻着来的。那些买盐打醋回来路过的大娘，顺带着就丰富了自己餐桌。这真相细说起来，挺有意思，烤红薯的炉子和热腾腾的红薯本身就是对寒冷的照料，仿佛冬日里冷暖相宜的交流，外景的冷被内里的暖突围，弥漫在街市胡同的上空。

美丽的女孩终于揭露了真相，福报循环，遇见最美。

在我们每个人的身体里，都藏着本善，她可能藏在耳朵里，保护你的听觉灵敏不犯糊涂。也可能藏在舌头上，让你时刻发出柔软的声音，拒绝长出刺。也可能藏在眼睛里，看到文明，屏蔽丑陋。我很怕这种藏被淹没，生出恶的妖怪。孩子晚上放学，漆黑的胡同冷如地窖，被丑陋的恶人劫持；路过的大娘因为牙口不好咀嚼困难，软软香香的红薯焦成遗憾。更加恐惧这世上的人都把耳朵堵上，嘴巴缝上，眼睛蒙上，去指责老人的营生镀满铜臭。

"呀！他不过是想多赚点银子罢了。嗯嗯，女孩，女孩，矫情的大方。"要知道慢慢腐烂的土地，再也长不出冰清的苗。日渐污浊的心灵，再也飞不出人间的天使。

特别想说：

绿蚁新醅酒，红泥小火炉。

晚来天欲雪，能饮一杯无。

斟一杯酒，敬天敬地，在冬日里一起善良。

春去湖光潋滟清，歌舞初停晚风生，
荷风扑面香先到，疏雨随云夜半晴。

丁亥 汪國基 草書

给父亲

你的期待深深
我的步履匆匆
我知道
即使步履匆匆
前面也还有
太多的荆棘
太远的路程

涉过一道河
还有一条江
翻过一座山
又有一架岭
或许
我就是这跋涉的命
目标永远无止境
有止境的是人生

【赏析】

父亲是一本书，年轻的时候未必读得懂。他们或许不善于表达，或许不想表达太多，他们把对子女的爱寓于无形，埋在心底，关键的时候才会显露出来。只有在岁月中用心去读，最后才知道，他们的沉默有时候是哺育力量的襁褓。

汪国真是幸运的，不但深受父亲的影响，而且也成了父亲一样的父亲。

汪国真的父亲汪振世从事教育工作，在教育上十分"专业"，但专业的人回到家中面对自己的儿子，爱却像满盈于小口瓶中的水，不轻易流出来。平常的日子里，汪振世工作很忙话也不多，对孩子慈爱宽容，让他们自由发挥自己的爱好，许他们和春花一样，汹涌澎湃的绽放。但遇到儿子成长关键的节点，他一定是最下得去手的老师。

汪国真小时候异常贪玩，当时物资贫乏，小伙伴们如果谁有"新鲜的玩意"，其他的小朋友就会伸出直勾勾的眼，羡慕得要命。6岁那年，大院里忽然出现了新奇的玩具——水枪。逗闹中，水枪里喷出来的水和孩子们湿漉漉的笑脸异常明亮，闪着人人都想拥有的"快乐"。可是那让人无比兴奋的家伙是要花大价钱的。汪国真按捺不住动了心思，暗自行动了，他偷偷地拿走了父母放在抽屉里的钱，成全了自己火急火燎的心愿。水枪一到手，他开始魔怔了，完全忘了它的"来路不明"。很快，事情暴露，父亲一向慈爱的脸瞬间被冰封了，镶着冰凌子的巴掌狠狠的落在汪国真的屁股上，几天下来，青红的"五指山"

依然饱满耸立。

父亲的爱张弛有力，宽严分明，打扫或修葺汪国真的性格屋子，孕育出汪国真果断而持重、乐观而内敛的性格。不管后来遭遇到成功还是非议，他都能自我"治疗"从容面对，勇敢坚持。

《给父亲》是汪国真对父亲的承诺，在父亲深深的期待中，他涉过一道河一条江，翻过一座山一架岭，遇见了最好的自己。

多年后，汪国真给儿子写下一首诗，规劝青春季节的儿子放下虚荣心，放下攀比心，以朴朴素素的谦卑姿态完成学业。现将这首《奋斗之光》转载至此，相信对更多的孩子和读者有所启悟。

或是因为深刻
或是因为思想
或是因为创造
或是因为高尚
或是因为改变历史进程
或是因为创造社稷　功德无量
总有一些人
闪烁在人类历史的星空上

是啊
这名牌　那名牌
何牌能比　自身就是名牌
这闪光　那闪光
何光能胜　奋斗之光

母亲的爱

我们也爱母亲
却和母亲爱我们不一样
我们的爱是溪流
母亲的爱是海洋

芨芨草上的露珠
又圆又亮
那是太阳给予的光芒
四月的日子
半是烂漫　半是辉煌
那是春风走过的地方

我们的欢乐
是母亲脸上的微笑
我们的痛苦
是母亲眼里深深的忧伤
我们可以走得很远很远

却总也走不出母亲心灵的广场

【赏析】

五月，母亲告诉我她腰疼。我漫不经心的支应着："你到医院检查一下吧，看是不是腰椎病又犯了。"

接下来，母亲独自一人，连续几天在就近的医院理疗按摩。待身子刚刚强一些，又任由她忙里忙外了。

十多天后，母亲的腰、腿开始浮肿，指尖按下的坑毫无回弹之力。我开始不安，决定带母亲到市医院做一次彻底的检查。去医院的路上，母亲的手一直拉着我，蹒跚在我身后，像个无措的孩子。

诊断结果出来了，母亲得了肾癌，已经到了晚期。医生说母亲只有百把天的光景。"光景"？医者仁心，可有时却如此大意，用词不当。未来的苦熬哪里还有风光盛景，没有妈的孩子们即使成年，光景里也一笔不拉的写着难堪。这判词，恍惚于脑子空白处，瞬间生出无尽的衰草，骷髅着要吸人血。半个月后，母亲的疼痛开始无限量增加。一向温柔讷言的母亲变得狂躁不堪，她大声叫喊，乱发脾气，还嚷嚷着要睡地下，说无数个蚂蚁在咬她，地下凉，吐着火舌的虫子会消停一些。

六月清晨，我早早赶到医院，在跨入病房的瞬间，听到了母亲薄的像雾一样的声音："大夫，只给我打点止疼的就行，别的就算了，这病也没啥可治的，到头来花一堆钱不说，把孩子们还累的够呛。"

"阿姨，每天晚上，整层楼都能听到您痛苦的叫声，这种症状并不多见呀，你用的药里早已配了杜冷丁呀！"年轻的医生一脸纳闷。

"哎，闹一闹，让孩子们早点厌倦，早点放弃算了。"母亲的烟雾更加稀薄，快要散了。

我捂住即将喷薄的哭声，扭过脸去，正好撞上昨晚值班的姐姐拎着饭盒立在门口，眼里缠满湿漉漉的红线。

六月中，母亲果真开启了她的又一次计划，不再接受治疗。流泪、绝食、拔吊针……

六月十九日凌晨，母亲无神的眼睛缓缓掠过或跪或站在她床边的一张张悲痛的脸，慢慢的闭上了眼。她再也不用操劳，再也不用施予怜爱，再也不用计划，仰着浮肿的脸走了。我和姐姐抱紧了还有余温的母亲，亲吻着……呜咽着……

办完了丧事，那薄雾又从心底里漫起来，载着一张瘦白的身体飘忽不去。我们母女的一场告别仪式籍此预告，过去岁月里的慈爱，恩情，陪伴即刻如烟散去。

十年流逝，如今的我一边在儿子的心灵广场劳作，呵护，甚至卑微。一边似露珠憨憨的伏在芨芨草上，闪着莹莹的眼，摇曳在母亲心灵的广场中。

感　谢

让我怎样感谢你
当我走向你的时候
我原想收获一缕春风
你却给了我整个春天

让我怎样感谢你
当我走向你的时候
我原想捧起一簇浪花
你却给了我整个海洋

让我怎样感谢你
当我走向你的时候
我原想撷取一枚红叶
你却给了我整个枫林

让我怎样感谢你
当我走向你的时候

我原想亲吻一朵雪花

你却给了我银色的世界

【赏析】

真好，上苍把我引领到这里，一定自有深意。这个世界，该藏有多少感动！这一生要感谢的人和事何其多啊！在这里，四季踏歌而行不再潜伏心底，收获的惊喜不再半遮半掩。好好的，手握春风去敬礼，踏入海洋去凝望，穿入枫林去拜谒，回首，左手一瓣雪花，右手一杯温热的小酒。

我以为只有灵魂的诚挚，才能笃定感谢的文字，才能写下如此明澈的态度。

汪国真在2006年暨南大学百年校庆写下这首诗。如果仅用对仗工整，意境隽永来赞美他的文学功底，只怕略显荒凉。这贫乏仿佛星空下独走的人群，从不和夜色交谈一下。仰望夜空，一切的怨结、愤恨、冷漠纷纷才能如枷锁般滑落。即使"举杯邀明月，对影成三人"，也要感激天上月，杯中酒，影中人。这难道还需要明示吗？

诗人把恣意的想象化作无尽的感恩缝合在自己的骨肉中，孵出一封炙热的情书。而我把众多的意象叠加成滚烫的相知，郑重地走进、走近……一个卓越的诗人，每一次书写，都是一场心灵的盛宴，烹调出满桌的营养，要慢慢品咂，否则抹掉唇角的汤汁菜沫，留下的还是白嘴一张。好在，我幸运，既能爽快的饕餮一次，还能获得作者宝贵的馈赠。

如果不置身其中，哪里寻得到戈壁里的一潭湖水；如果没有收获馈赠，甘甜的湖水怎么解救干枯的躯体。至此，诗中的启蒙价值早已超过了诗意本身。其本质已化作郑重的劝谏，拯救麻木、冷漠、黑暗的鬼魅。至此，不需要再解读了。

　　当然还要感谢，这首诗能让我安静地坐下来，灵活有力的揉捏偶尔模糊的双眼，清清楚楚注视那些值得感激感恩的人。

我　愿

我愿
我是一本
你没有翻过的书
翻了
就不想放下

我愿
我是一片
你没有见过的风景
见了
就不想离开

我愿
我是一首
你没有听过的乐曲
听了
还想再听

我愿
我是一个
无比瑰丽的梦境
让你永远永远
也走不出

【赏析】

中国文化向来含蓄，不会总把爱挂在嘴上，贴在脸上。但诗人笔下的情总是按捺不住，变着法子汩汩地往外冒。他们是抒情的圣手，尽管有时通篇看不到一个"爱"字。这点本事，先秦民间的诗人早已熟稔。

> 关关雎鸠，在河之洲。窈窕淑女，君子好逑。
> 参差荇菜，左右流之。窈窕淑女，寤寐求之。
> 求之不得，寤寐思服。悠哉悠哉，辗转反侧。
> 参差荇菜，左右采之。窈窕淑女，琴瑟友之。
> 参差荇菜，左右芼之。窈窕淑女，钟鼓乐之。
>
> ——《诗经.关雎》

婉婉蜓蜓的荇菜左右流之，清清爽爽的女孩左右采之，左右芼之，男孩看得入了迷，一场纷纷扰扰茶饭无心的爱情就这么降临了。男孩子啊！寤寐求之，辗转反侧，美丽的女孩你何时做我的新娘？带上你的荇菜，带上你的贤良。我可以娶到你吗？爱情纯洁，婚姻神圣，待我给你准备最隆重的婚礼，琴瑟友之，钟鼓乐之，那是咱们昭告天下最圆满的仪式。只有你是我最美的新娘，梦里梦外花开一场。

男孩子一味地想，一味地爱，我要你做我的新娘，你就是我的新娘。

这是三千多年前的一个清晨，一个小小少年的心事，因为他在河中的小沙洲上邂逅了一个女孩子，悄悄萌动"窈窕淑女，君子好逑"的春心，随即展开的一系列爱情幻想……

遇见了爱的人，都会渴望无比郑重的交出自己，在诗情画意中留下、在瑰丽的梦境中实现。汪国真也不例外，他写青春、写爱、写希望，会表现在生活的畅想里，表现在不知不觉的激动中。仔细揣摩，读者也跟着激动了。激动于上古时期《诗经.关雎》里的幻觉在现代如此恰当的传承；激动于美丽的诗和美丽的梦，在没有料到的时刻倏忽的重逢；激动于虽已走远偶尔回眸一笑的爱情……

美好的爱，注定是翻不完的情书，看不够的风景、听不厌的曲子和不愿醒来的梦，爱情里的整个生活都是在诗意的呼吸中舒畅、清新、灵透。诗人为了爱，他们渴望变成一个魔术师，运用意念作为道具，设计双方在爱情里的位置，仿佛那个让自己魂牵梦萦的人儿就是魔术箱里美人，时刻能察觉他的秘密。为了实现完美的效果，他开始让自己单薄的身子源源不断往外掏，掏出物件供奉爱的信仰，直到让信仰如童话般圆满。

"我愿"，只此两个字，包含了诗人无比纯粹、深切的情感，更是诗人对爱的承诺。这承诺踏着韵律而来，有行、有段、有节拍，抑扬顿挫，形成了坚定浪漫、声色皆美的深情世界。

感谢"我愿"，让我们如此直接的去感受爱。

壺中春自暖，
清新已觉青春盛。
英风料峭，
河有清凉。
风定来风，
粗玉冰

三丑夏
汪国英荣

荣　誉

因为年轻
才那样渴望获得
因为成熟
又把获得的遗弃
得到的东西
不再是我憧憬的
我所憧憬的
是还没有得到的东西

奖牌　是一阵风
金杯　是一阵雨
跋涉才是太阳啊
永恒地照耀
心灵的土地

【赏析】

　　2015 年 4 月 26 日凌晨 2 时 10 分，汪国真因肝癌医治无效，与世长辞。5 月 10 日，家乡襄阳的诗人们为表达对汪国真先生的怀念和敬仰，他们自发组织"永远的诗人永远的诗——纪念汪国真诗歌朗诵会"，在场的 30 多位"汪迷"声情并茂地朗诵了汪国真的作品，并表达对汪诗的热爱和思考。

　　汪国真去世的几年间，但凡祭日，各地纪念活动屡见不鲜，这在近代诗界实在"稀罕"。我微信里问一诗人：你为什么喜欢汪国真。

　　她告诉我：汪国真先生的诗不会害人，总带领着我前行。

　　"不会害人，带领着我前行"？这是我们这个时代的审美标准吗？我感到惊讶，一个诗人生命力的初始面孔出现了，他用孤军奋战的能量救赎了多少人，这能量扎根在众人的领土上枝繁茂盛，龙蟠虬结。人们取来一枝一叶，把它扎成一顶顶桂冠，上面写着"良药"，搁于心，顶于脑，送于友。

　　《荣耀》极富启蒙意味，是"良药"一味。诗人现身说法，以自己的心路历程诚实的劝慰年轻的人们，少一点浮躁，多一点脚踏实地；少一点自我陶醉，多一点孜孜不倦；少一点燕雀小境，多一点鸿鹄之志。

　　仔细检视，诗人一路成长的思考无比真实，表达的方式也诚恳内敛，他把别人喊破嗓子的呐喊和激情澎湃的演讲悄悄地藏在细节里。

奖牌　是一阵风
金杯　是一阵雨

一阵风，一阵雨不过是四季飘过的点缀，轻轻的来，轻轻的去，不带走一片云彩。

海子在《祖国，或以梦为马》写到：

太阳是我的名字
太阳是我的一生

这样的塑造，也是汪国真的终极目标，也是读者最接受的共情，毕竟太阳每天都要升起，毕竟万物生长靠太阳，毕竟我们辗转归来，心灵的土地阳光普照才朗朗美好。

秋日的思念

你的身影离我很远很远
声音却常响在耳畔
每一个白天和夜晚
我的心头
都生长着一片常绿的思念

如果我临近大海
会为你捧回一簇美丽的珊瑚
让它装点你洁净的小屋
如果我傍着高山
会为你采来一束盛开的杜鹃
让春天在你书案前展露笑靥

既然这里是北方
既然现在是秋天
那么，我就为你采撷下红叶片片
我已暮年的老师啊

这火红火红的枫叶
不正是你的品格
你的情操　你的容颜

【赏析】

电影《老师好》中，苗老师说"不是在最好的时光中遇见了你们，而是遇见了你们才给了我这段最好的时光"。这句话里的"你们和我"生出多少奥妙？生出多少朴素？生出多少平等？也许《秋日的思念》会给一些答案吧！

思念常绿。那感恩的风貌，从来没因为斗转星移的时空而枯黄。

站在珊瑚装点的小屋里，仔细听，寂静懵懂的海面，如我们混沌初开的少年。

再听，海浪翻涌才是大海的孜孜教诲。

老师您还记得我吗？您桃李天下，我是那个坐在角落最调皮的孩子。那年，您告诉我，每一朵花儿都有自己绽放的姿势。后来，我学会了像杜鹃一样开放，血色如阳。现在，我采一朵给您，让它映红您慈祥的笑脸。

北方的秋天老树寒鸦，只有那红似火的枫只如初见。您说："学着在寒冷中挺起头吧，只有懦弱的人才会在领子里潜伏。"我笑，您衣服领子上的红色花边真好看，我想躲进去，窥视一下枫的品格。哈哈哈……

老师，这个名字像一首歌，即使远隔万里，就凭那婉转在歌声里的低音符，我就能找到您。老师，这个名字像绿叶，即使人生逆旅，我总能一叶以航抵新岸。老师，这个名字像大海，即使世界喧嚣，我一定会化作一条谦逊的大鱼，静静的游哉在您怀里。

写下这段情，一切思念至诚而遇，再无可辩问。

慈母心

半是喜悦
半是悲哀
最难与人言的
是慈母的情怀
盼望　果子成熟
成熟了
又怕掉下来

【赏析】

　　短小的诗，调动起情愫来，不逊色于长篇巨作，被精微的
句子挤压的情感一涌而出，冲堤溃坝。它内里的空间太大，大
到像母亲的子宫，盛得下一个或几个孩子肉身，大到像母亲的
乳房，积攒着一个和几个人的粮仓。母亲伟大，母亲寂寥，母
亲慈悲、母亲胆小，母亲坚强、母亲柔弱……母亲的身上背着
按钮，人前喜悦，人后悲哀。她们的心里到底装着什么呢？让
我们乘上这难与人言的情绪之翼，跟着诗人的引领，到母亲忽

隐忽现，左右徘徊的心灵原乡遨游吧。

女孩嫁了人，就像一个小树发了芽、要开花、要结果。青青的果子是孩子，要长大、要成熟，要脱离。树明白，这是四季规律，无法抗拒。孩子大了，母亲似乎不用再辛劳了，悠悠闲闲的日子来敲门了，可谁知她们的失落，青春不在的遗憾夹杂着子女渐行渐远的伤感。她们的笑是热的，留给儿女欣慰的赞美；她们的泪是冰的，含着对孩子怅然如失的沮丧。她们会哭，眼里浑浊而迷茫，她们会笑，躲在一角补一下妆容，带着善意的面具，告诉亲人，我依然岁月静好。

女人不需要在龙应台的"目送"中慢慢地领会，只在果子成熟的前夜就已开始了断断续续的喜悦，朦朦胧胧的伤悲，她根本不会追，任孩子们逐渐消失在他们要去的方向，因为她甚至觉察人生有时就是一贴符咒，贴在过去的脸上，再也看不到孩子蹒跚的小脚，咿咿呀呀的嘴唇，闹着倔强的眼珠子。

对母亲好点，再好一点，让爱和陪伴给黑夜捎去一片月光，融入四野，为母亲掌灯。

终于有一首古诗让母爱欣欣传世：

慈母手中线，游子身上衣。

临行密密缝，意恐迟迟归。

谁言寸草心，报得三春晖！

——孟郊《游子吟》

孟郊一世苦楚，眼里、字里都是失望和猜忌，脆弱的神经在诗中呈现的绝大部分是阴晦、孤傲、峭冷、坚硬，可他却用最敏感的心线捕捉到母亲密密缝下的心思，在喜悦里担忧，在担忧里祝福。那一年，孟郊五十岁，刚刚考取了功名，端上了活命的饭碗。"春风得意马蹄疾，一日看尽长安花"，把这个大好的消息赶紧告诉我的母亲吧，只为她一展欢颜，只为我一捧孝心。

　　谁言寸草心，报得三春晖！让我们努力吧！

南方和北方

南方的水　温柔明丽
北方的山　豁达粗犷
两行飞转的轮子
曾载我几度南来北往

我出生在南方
心，热恋着我生长的北方
我爱北方汉子的性格
像北方秋季的天空
——天高气爽
我爱北方姑娘的容颜
像北方冬天的雪花
——皎洁漂亮
啊，我的北方

我生长在北方
心，常常思念我出生的南方

我赞美南方的土地

镶嵌着数不清的鱼米之乡

我赞美南方的山水

曾孕育了多少风流千古的

秀女和才郎

啊，我的南方

我爱北方　也爱南方

我赞美南方　也赞美北方

长江两岸的泥土和山水啊

都像母亲一样亲切、慈祥

【赏析】

大多数人都有两个故乡，一个是出生之地，一个是成长的地方。

旧时光的剪影中，出生的故土是魂牵梦萦的原乡，那里养育你少年健康的体魄，成全一个赤子行走四方的饱满肌体和聪颖的大脑。鱼米之乡的南方，山灵水秀的南方，清雅散淡的南方，生出来的娃娃都沾满灵性。性灵天成，嵌入人生远走江湖的一叶白帆上，写下护航的诗章。

生活的火，在北方熊熊点燃，一捆捆柴压倒的是软泥，压不垮是磐石。广袤无垠的北方，千里冰封的北方，粗犷豪气的北方锻造生命的品格，坚强、豁达、皮实。那里礼遇每一个高洁的人，善待每一个努力的人。那里的男人侠骨柔情，那里的女人肝胆相照。他们合力摇起入海的橹桨，和风浪一起编织风月无边的故事。

时光的飞轮，从没有停止过，得意与失意不过是生命奔走的插曲，南北往来，历练成熟的智慧。累了，淋一场南方家乡的雨，"天街小雨润如酥"，补一补流逝的给养，洗一洗浑浊的心绪。精神了，再飞入天高云阔的现实，"一日看尽长安花"，扬一扬驰骋的马蹄，亮一亮生命的欢曲。作者是多么有福的人儿，他把南方的灵性细腻和北方的爽直坚毅都揉进了骨头，终究长成了不轻易趴下的身子。

爱南方，也爱北方。"长江两岸的泥土和山水啊！都像母亲一样亲切、慈祥。"显然作者把长江作为南北方的分界线。其实任何一个懂得地理常识的人，都知道这种分割，并不精准科学。长江是中华儿女的母亲河，诗人借此把母亲蕴含在长江的情怀中，谁还会再去苛责地理上的那点差池呢！诗人成名于北方，但心中一处安静的留白，一定是留给了南方，在某个季节，依靠在原乡古树的苍翠下疗养一下心情。北方是母亲，南方是母亲，她们的精魂均匀和谐的汇进同一条河流，在某个拐弯处，终会与灵魂汇合，生出惊艳的浅滩。在四月的滩上，生出绿来，生出花来，把南方北方的界线涂抹、氤氲。

春天来了

语言
遗失了风韵
最悦耳的
是天籁的声音
河流欢笑起来
绿柳垂钓着白云

杏树的枝头
挂满五颜六色的目光
每一阵风里
都有数不清的追寻

自然的女儿
已经到了出嫁的年龄
美丽的脸庞
泛起了红晕

人们步履轻盈
走向缤纷的剧场
聆听春风的手指
拨响大地的竖琴

【赏析】

春天是最好的归宿。

心灵如水，那么清澈。春风和煦，如白狐的尾轻柔的扫向脸庞，痒痒的，酥酥的。河流在浅笑，因为她们的怀里正抱着一个个白狐呢，那是云朵的倒影。柳丝馋了，伸出纤细的臂膀，也想亲近那些狐儿,只可惜,那团团儿的白一会儿就被风吹散了，成了皱皱巴巴的小可怜。

山野披了花被子，乖乖的猫着。一群游人嬉笑着靠近一棵开花的杏树，忽然，他们安静下来，把目光举过头顶，去找寻那蕊中的秘密。"杏花疏影里，吹笛到天明"的良辰美景里，浩如烟海的往事让人沉醉难行；"杏花结子深春后，谁解多情又独来"。谁是那个多情的人儿呢？谁能陪我一直沉醉呢？"红杏花旁见山色，诗成因触鼓声回"，诗意的知觉会在美好的境地里，发出巨大的声响，那是生命的情绪。风儿轻轻，摇曳着看花人的梦。

山、水、云、花都是自然的女儿，她们慢慢长成丰满的姑娘，把身世和生涯托付大地，只等春风一到，便吹吹打打把自己嫁了，脸儿粉，唇儿红，一路上的心事跌宕开来……

　　大自然是每个人的剧场，只有在春的感想和感动中，才跳脱出中各种记忆，表演一番，客串一番。形形色色，千奇百怪的众生把各自的面孔、语言、扮相、行头孵卧在春天里，生出万般景象，统一成向往，归一成朴素，还原出真实，在大地的心中流出洋洋盈耳的抒情。

　　春天才是最好的归宿。此时无声胜有声。

一 夜

夹竹桃
在窗外轻轻摇曳
影子
在墙上一次次重叠
台灯
疲惫地睁大着眼睛
墙壁
早已累得苍白如雪

一首诗
从心头　流了出来
稿纸上
浸透着青春和血

【赏析】

有关夹竹桃的故事还真不少，最合适、最形象的当属如下：传说中有个纯洁的女孩桃，爱上了一个倔强的男孩竹，但是却受到了桃家人的反对，并将竹活活打死，桃伤心欲绝，和爱人一起双双殉情自杀了。两人来到天堂后，上帝为之感动，说能够满足他们一个要求，桃说她一生最爱的就是娇艳的桃花，而竹却倔强地想要保留自己的坚韧，从此，世上就多了一种美丽的植物——夹竹桃。它开着桃花一样的花，长着竹一样的叶子。

也许，作者真的是看到了窗外的夹竹桃，也许是他心里早已种下了夹竹桃。一窗之外的美，喃语绕梁，诉说着传说故事的前世今生。夹竹桃静静的一朵朵花儿开，一团团儿的开。在春风中招展，在夏雨中笑傲，在深秋中歌唱，她的花期特别长，几乎见证所有花儿的生命从出生到衰败，这点韧性不就是作者想要给予自己的力量吗？尽管疲惫，尽管苍白如雪。

一首诗从心头流了出来，是怎样的诗呢？至少我们从诗人流传的作品来看，诗人一直不断地在鼓舞自己，鞭策他人。他的诗像夹竹桃一样进到无数人的心中，他告诫年轻人，多姿多彩的生命从来离不开坚韧的守护。他还想说：青春和热血是用来奉献的，它的内里，是一支珍贵的"精神疫苗"，会把辛劳、沮丧、卑微一一毙掉，生出一个个朝着朝阳健康的身躯。

平生于物原无取
消受山中茶一杯
苦茗能令诗思爽
石泉流出暮云来
僧归曙角声前寺
客到清阴雨后山

壬辰冬
汪国真书 [印]

即便成功使我们声名远扬

即便有一天
成功使我们声名远扬
我们又怎能忘却
心中的梦想
怎能忘却　昨夜窗前
那簌无语的丁香

大路走尽　还有小路
只要不停地走
就有数不尽的风光
属于鲜花　微笑　和酒杯
怎比得属于原野　清风　和海洋

【赏析】

　　小诗的第一段从声名远播的幸福一下子降落在"那簌无语的丁香"上，这转折本身已充满音符似的跳跃，让我们一下子陷入成功前夜，黑暗中的无奈和迷茫中。诗人以丁香作比，他要暗喻和提醒什么呢？在丁香的寻常意向中，它多象征着高洁、美丽、哀愁的事物。因为丁香花成簇开放，好似结。称之为"丁结，百结花"。李商隐的《代赠》里有"芭蕉不展丁香结，同向春风各自愁。"一句，充满了消极的浪漫，而汪国真却在清幽的结愁中植入了积极的浪漫主义。他想告诉读者，人的一生不一定每天都是好日子，即使取得了一点成功，我们也必须经常回头看，要在过往的挫折中举一反三，总结经验。丁香花不过是托物寓感的工具，大有"好了伤疤不能忘了疼"的意味，充满警示性。

大路和小路风景不同，或喧嚣，或幽静，或平坦，或崎岖。但目的地都是声名远播的梦想。一个个小目标达成了，一束束鲜花簇拥，一张张微笑奉迎，一杯杯美酒相邀，那些眼花缭乱、万马奔腾、翻江倒海的赞扬、恭维、盲从腾空而来，身处其中的你会骄傲迷失吗？

鲜花、微笑、酒杯和原野、清风、海洋一组"托物"影印在脑海中，蕴含着近与远，小与大、己与国的境界与情怀。只看到前者一豆烛火的人，注定看不到后者的炳如日星。

这首诗声、光、色、美兼具，完全具备了歌词的所有要素，如果谱以嘹亮婉转的曲子，让年轻人来演绎，当青春的荷尔蒙穿过原野、穿过清风、穿过海洋时，我们一定听出了分寸，听出了自我，听出了远方。

丰子恺有两句诗很是合拍：尝喜小中能见大，还需弦外有余音。

袅袅余音：祝你们前进无疆。

走，不必回头

走
不必回头
无需叮咛海浪
要把我们的脚印
尽量保留

走
不必回头
无需嘱咐礁石
记下我们的欢乐
我们的忧愁

走
向着太阳走
让白云告诉后人吧
无论在什么地方
无论在什么时候

我们
从未停止过前进
从未放弃过追求

【赏析】

走、走、走，走出自己的路，毫不犹豫去兑现自己的誓言。

有什么好担心的呢？即使海浪淹没了我们的脚印，即使礁石撞碎了我们的欢乐，即使云儿遮蔽了太阳。

这样的解释足够完整，何况众人皆以此为"唯一"最美赏析。如果是这样，到此也就结束了。可又无趣了，读文章还要学会找点趣儿，方法之一是提出质疑，给自己创造一个新的境界。这是会读书、善读书的方法论，学会了质疑，才能享受思辨之任性，独特之异美，牢记之深刻。

这首诗的诗眼在"不必回头"，代表追求过程中的坚持和无畏无惧。

那么我们换一个角度思考，在坚持中加点"海浪"的叮嘱未尝不可。海浪如饱经沧桑的前辈，他们的教诲让我们少走弯路，清醒蒙昧，让我们脚印深深，留下最美的足迹。在执着中被"礁石"撞了一下腰，是多么幸福的事。礁石如锁，里面住着"潘多拉盒子"，裂开了，飞出的挫折、不幸、伤痛磨砺一下你的稚气、骄傲、迷蔽，自然饶有意义。白云遮住了太阳，在遗憾中静守尚未灰烬的追寻之心，总能看到一丝希望。

这样的厘清是又一次重省，原来诗中所有的铺陈，都没有结束的句号。因为诗的题目是"走","走"是青春的雀跃，中年的持重，老年的舒缓，它是心上的永恒，智者的安排。

妙筆風華

辛卯汪國真

学校的一天

晨练

天将晓

同学醒来早

打拳做操练长跑

锻炼身体好

早读

东方白

结伴读书来

书声琅琅传天外

壮志在胸怀

听课

讲坛上

人人凝神望

园丁辛勤育栋梁

新苗看茁壮

赛球

篮球场

气氛真紧张

龙腾虎跃传球忙

个个身手强

灯下

星光闪

同学坐桌前

今天灯下细描绘

明朝画一卷

处女作，原载 1978.4.12《中国青年报》

乡　思（二首）

望

他独自徘徊在海滩上，
极目向海天尽处眺望。
呵，对面那金色的海岸，
就是美丽富饶的家乡。

海潮冲掉了他深深的脚印，
却抚不平他那深深的忧伤。
因为在他的心房里，
有一个燃烧了三十年的愿望……

梦

他在梦中甜甜地微笑，
梦见自己化作一只海鸟，
展翅飞过波涛汹涌的大海，

扑进故乡温暖的怀抱……

用颤抖的双手
抚摸家乡的一岩一峭，
用含泪的双眼
辨认久别的一径一道。
用呜咽的声音
喊出埋藏已久的话——
啊！故乡，故乡！
游子回来了！

原载 1980.10.23《广东侨报》

窗

你在窗外
我在窗里

如果你寻求爱情
我挂一层薄纱

如果你寻求友谊
我把薄纱撩去

爱情
需要观察仔细

友谊
需要透明清晰

原载 1986.3《青年文学》

奉　献

为了那轮十五的月亮
不被蒙上丝毫阴影
他慷慨地奉献出烂漫的青春
为了那棵被雷电击伤的木棉
依然像从前那样蓬勃火红
她毫不保留地奉献出少女纯真的爱情

因为奉献
他很自豪
——自己是一个男人
因为奉献
她很骄傲
——自己是一个女人
奉献，使他的身影
成为一座伟岸的山峰
奉献，使她的眼睛
成为两颗明亮的星星

1986.3.19《青年晚报》

不必是

不必是春雨
也不必是寒冰
既然长大了
自然会生出
玫瑰色的憧憬
让该生长的生长
让该开放的开放
何必对青春
设置过分的禁令
少男少女的路
——坎坷
大男大女的路
——泥泞

首发于 1986.4《七彩虹》

因为你是船

怎能不留住你
因为你是船
我是一湾蓝色的港湾

怎能留得住你
因为你是船
前方，大海在召唤

首发于 1986.4《七彩虹》

战　士

夜晚，邀来月亮作伴
早晨，约上太阳同行
为了锻炼一身钢健的筋骨
呼唤着雨
也呼唤着风

立正
伫立着的忠诚
行走
运动着的坚定
跑步
滚滚向前的隆隆雷声

一棵绿树
一个挺拔的形象
无数绿树
一道防风挡沙的

巍巍长城

首刊于 1986.4.26《战友报》

五月，在校园

五月的鲜花
簇拥着五月的校园
五月的校园
呵护着五月的青年

在五月风华正茂的阳光下
他们让胸膛
渐渐涨满汹涌的蔚蓝
她们的双臂
缓缓拉起梦中的白帆

我们谈论动荡的世界
也谈论改革的中国
我们设计绚丽的今天
也设计辉煌的遥远
我们纪念五月
五月也把我们纪念

1986.5.3《中国教育报》

我们是青年

序

我们是青年
正处在风华正茂的时刻
人生的路还很长很长
我们该怎样想
　　怎样说、怎样做
面对茫茫大地
　　巍巍昆仑、滚滚长江
我不禁深深地思索

一

我们是青年
我们应该是脚踏实地的理想者

请不要说
　　不要说什么

我的理想已经破灭
　　心灵上的创作难以愈合
请不要说
　　不要说什么
我现在的信念是
　　两耳不闻窗外事
　　一心经营安乐窝

年轻的朋友
请听，请静静地听
历史的回音壁里
那是谁用深沉的声音在说

文王拘而演《周易》
仲尼厄而作《春秋》
屈原放逐，乃赋《离骚》
左丘失明，厥有《国语》
哦，那是史学家司马迁
　　回肠荡气的吟哦

是呵，古人落难
尚能不甘沉沦发奋作为

难道我们年纪轻轻
竟可以在风云激荡的时代面前
一蹶不振，甘心寂寞

年轻的朋友
把忧伤、彷徨、苦闷
抛到发霄云外去吧
我们正年轻
我们该有的是
　　　指点江山的风采
　　　关山飞渡的从容
　　　大江东去的气魄

年轻的朋友
让欢乐的缠绵
赌场的狂热
让一让位置吧
我们正年轻
我们需要的是
　　　白杨的筋骨
　　　红叶的品性
　　　松树的风格

青年时代
正是充满美好理想的时代
好啊，就让我们做脚踏实地的理想者
　　用我们的热血
　　用我们的汗水
　　用我们的青春
去创造我们理想中的美好生活

二

我们是青年
我们应该是年轻有为的创业者

哦，纵横九百六十万平方公里土地
上下五千年的文明古国
留下了多少
　　英雄的故事
　　英雄的传说

熟悉，太熟悉了
源远流长
脍炙人口的《三国》

敬佩煞了，二十五岁
便铲平群雄平定了江东的
"小霸王"孙策
羡慕煞了，二十七岁
便已在草庐中作了隆中对策的
"卧龙"诸葛

翻开现代中国革命的历史
熟悉，更熟悉了
　　　南昌起义的枪声
　　　秋收暴动的火炬
　　　井冈斗争的星火
哦，又是一串更加响亮的名字
青年有为的
　　　毛泽东
　　　周恩来
　　　朱德

年轻的朋友
面对蒙上尘埃的古老历史
请不要总是埋怨自己生不逢时
面对刚刚逝去的峥嵘岁月

请不要过多地感叹

　　　如果，我
我们来得正是时候
我们肩负着历史赋予的重托

还记得吗
油画《父亲》手中破旧的粗瓷大碗
古铜色的额前
那饱经风霜的沟沟壑壑
你知道吗
贫穷、落后、愚昧
这些令人诅咒的字眼
还常常联系着
我们可亲可爱的祖国

有这样一个古老的传说
共工与颛顼争帝
怒而触不周山
地为之陷
天为之折
可共工和我们比起来
又算得了什么

我们的力量
　　排山倒海
我们的气势
　　无限磅礴

要么我们不说，说了
就要浩气激荡
　　天惊石破
要么我们不做，做了
就要江流改道
　　山河易色

让葛洲坝工地的夯声
引滦入津工程的炮响
只做个小小的序曲吧
我们要奋力擎起如椽巨笔
在中国的大地上
谱写出一曲曲
　　更加高亢嘹亮的创业之歌

三

我们是青年

我们应该是忠实勇敢的保卫者

哦，远去了
古时中原逐鹿的铁马金戈
消失了
当年军阀混战的连年烽火
结束了
帝国主义列强在中国的统治
我们的前辈
已在战争的废墟上
建立起一个崭新的人民共和国

我们是在和平的襁褓中
长大的祖国儿女
陪伴我们成长的是
　　金色的太阳
　　晴朗的天空
　　鲜艳的花朵
但是，我们深深地懂得
世界还很不安定
战争狂人
随时有可能点起新的战火

年轻的朋友

切莫做游荡子

整日追欢寻乐

切莫做纨绔儿

成天价卿卿我我

虎狼在前

我们怎能不随时警惕

风云变幻

我们必须时刻准备着

不过，我们还是要说

放心吧，蔚蓝的大海

放心吧，奇峻的高山

放心吧，茂密的森林

放心吧，美丽的湖泊

有好儿女守边陲

便是雄关座座

漫道它有黑云压城

我们，便是压不垮的长城

　　　耸立巍峨

休说它有狂风凌我

我们，便是封不住

　　断不了的滔滔黄河

我们没有忘记

曾怀着仰慕的心情

拜谒了西子湖畔的岳飞金像

我们没有忘记

曾含着难以抑止的泪水

吟读了文天祥的《正气歌》

我们深深地理解

陆游这样的诗句

　　位卑未敢忘忧国

我们永远崇敬地怀念

近代的爱国志士

　　杨靖宇

　　赵一曼

　　闻一多

祖国的大地山川

滋养了我

祖国的小米高粱

哺育了我
　　我们的性格
也像先人一样刚烈
　　我们的血液
也像前辈一样滚热
我们也像前人一样懂得
　　高于一切的是祖国
放心吧，亲爱的母亲
放心吧，亲爱的祖国
一旦边关有事
祖国的召唤
我们中间站出来的将不是
一个
二个
三个
而是
　　百万
　　千万
　　万万
　　整整一代呵
高唱着
　　前进，把我们的血肉

筑成新的长城的共和国国歌

四

我们是青年
我们应该是辛勤劳作的耕耘者

中华民族
是一个勤劳、勇敢、质朴的民族
勤劳是我们民族的传统美德
让我们辛勤的耕耘吧
眼睛不要总是盯着收获
我们的胸怀要宽
莫要为了几块钱奖金
便哭鼻抹泪的患失患得
我们的眼光要远
莫要为了一级工资
便喊天骂地的觅死寻活
我们都很喜欢范仲淹这样的名句
先天下之忧而忧
后天下之乐而乐
是呵，这是何等的胸襟
　　　何等的气魄

年轻的朋友

请不要总是抱怨

自己的职业低人一等

请不要总是感叹

自己没有一个称心如意的工作

请不要让宝贵的岁月空蹉跎

朝霞，是那样壮丽

我们就做这绚丽晨曦中的

  霞光一缕

海洋，是那样浩瀚

我们就做这坦荡大海中的

  一道清波

春天，是那样美丽

我们就做这艳丽春色中的

  花儿一朵

当代文豪郭沫若

曾这样期望人们

不要让诗人占尽了

  嫦娥奔月

龙宫探宝的美丽传说

哦，多才的郭老
哦，多虑的郭老
　　我们可没有那么安分
　　我们不但不让诗人
　　占尽那些美好的传说
　　我们还要用我们创业的精神
　　辛勤的劳作
　　去感动诗人
　　让他们情不自禁地
跑上前来
为我们写下
　　一百篇新的传说
　　一千篇新的传说
　　一万篇新的传说

五

我们是青年
我们应该是披荆斩棘的开拓者

儿时吃粽子的时候

就已知道了汨罗江的故事
还在爱用小手擦鼻涕的时候
屈原，这个不朽的名字
便已在心头深深镌刻
诗人已死去了
但是他的精神仍然活着
路漫漫其修远兮
吾将上下而求索

年轻的朋友
让我们记住这种精神吧
前进的道路还
　　　有荆棘、有沟壑
正需要我们去奋力开拓
现存的制度还
　　　有弊端、有缺陷
正需要我们去
　　　无畏地改革

年轻的朋友
请不要总是抱怨
　　　困难，为什么会这样多　这样多

请不要总是津津乐道地
谈论人家外国如何如何
是呵，困难很多
　　　多得像数不清的山峦
可是，没有困难
　　　又要我们做什么
是呵，我们在诸多方面
　　　还不如外国
然而，敢于向强者挑战
　　　才是真正的强者
面对现实
面对亲爱的母亲祖国
我们切不可采取
躲避的态度
没有门路的
　　　一心想着安乐
有了门路的
　　　一味想着出国
不，不呵
躲避
这个词句不属于青年
属于我们的是开拓

是拼搏

容国团曾这样说过
  人生能有几回搏
是呵
我们正处在人生
最美好的青春时刻
  我们的筋骨像钢
  我们的热情似火
此时不搏
更待何时搏

来吧
  张华的同学们
来吧
  步鑫生式的改革者
来吧
  张海迪的同龄人
来吧
  你们
来吧
  他们

来吧
　　我们
来吧
　　年轻的朋友们
让我们去创造
让我们去耕耘
让我们去开拓
让我们去改革

昨天的太阳和今天
不一样
在我们手中出现的
必将是一个
如朝霞般灿烂
如太阳般辉煌的
强大的人民共和国

1986.6.1-6.11 创作于北京

漓江吟

山峰映在水里
星星亮在山上
这如诗如画的风景
暮也斑斓　晨也辉煌

轻舟似梦
神思似桨
古往今来
那语惊四座的文臣
那驰骋疆场的武将
哪一个不
流连忘返　如痴如狂
更何况那
凡夫俗子　芸芸众生
又怎能不
醒也桂林　梦也漓江

1990.9《桂林山水新诗选粹》
漓江出版社出版

海誓山盟

如果爱了
还用得着什么海誓山盟
如果不爱
海誓山盟又能有什么用
一句话，可以和一万句
表达得一样多
其余的　还是留给
羔羊般的眼睛
和礁石般的心灵

不要担心哪一天风暴来临
更无需有什么生生死死的约定
把爱情存给高山
不如融进大海
把爱情交给土地
不如刻在天空

1990.11《女友》

亲

恨江河留不住，
恨岁月留不住，
那一份童趣真美妙，
让人都不想成熟……

1991 年第 1 期《明日》
为耿大鹏摄影配诗

永难重逢的时刻

假如没有说破
那是一种永远的诱惑
如今都已说破
反而成了无尽的折磨

生活，你凭什么
让无辜的我们
扮演这样尴尬的角色
让我们彼此剖白在
永难重逢的时刻

机缘这样慷慨
让我们相识在栀子花开的季节
命运如此吝啬
当我们并不迟疑的
想拉住对方的手
船儿还是相错而过

首发于 1991.3《明日》双月刊

桂林山水

山也晶莹
水也透明
长篙轻轻一点
更生出无限风情

有雾的时候盼雾散
没云的时候盼云生
若笑　便笑得花红柳绿
若哭　便哭得烟雨迷蒙
无论悲欢都是美
山重似曲　水复如屏

首发于 1991.4《明日》

感 怀

在春光烂漫的时候
却不禁生出一缕惆怅
青春已流逝了那么多
可青春的收获却令人失望

纵有已采撷的荣耀美丽如花
也抚不平心头的忧伤
春天本来就是开花的季节
有枝也寻常　有花也寻常

真想有长剑如虹
所向披靡　锐不可当
徒唤奈何　仍旧只能
过着平平的日子　捱着淡淡的时光

1991 年第 7 期《时代青年》

因为年轻

因为年轻
所以我们总是怀着
深深的渴望
渴望蓝蓝的空气
和金色的雨
渴望清晨很神圣
傍晚很吉祥

飘飞的蒲公英
系着我们洁白的梦
大片大片的苜蓿
是爱情生长的故乡
我们没有太多的往事回味
因此，灵魂很轻盈
我们有太多的未来要去追寻
所以　思想有重量

1991 年第 7 期《时代青年》

门

门
有时候
变成一座牢笼

自由
只剩下
一双眼睛

1991.10.15《南方周末》

你会回来吗（歌词）

每当再见到这片风景

不由得触景生情

在这里我们踏过小径

在这里我们数过星星

可是今天你在哪里

只留下我孤独的身影

真想也远走高飞

又怕不能运与你故地重逢

你会回来吗

同我再踏上这条小径

你会回来吗

同我再数一遍星星

1994年第2期《辽宁青年》

每天清早我们擦肩而过

每天清早我们擦肩而过
渐渐地有点什么想要诉说
从眼睛里读到了彼此的渴望
而脚步却拉大了你我的隔膜

每天清早我们擦肩而过
渐渐地有点什么想要诉说
只是不知怎样才能有一个开头
像小溪自然地流入江河

每天清早我们擦肩而过
渐渐地有点什么想要诉说
许许多多日子就这样无声流过
不知是害怕打破沉默
还是喜欢沉默

1994.2《Miss 小姐》

回 忆

其实并没有多少经历
可有时却总爱回忆
或许因为往事的美好
或许因为往事中有个你

我知道明天还会回忆今天
因此不想把日子过得平淡无奇
我要不停地努力
让记忆里多一点绚丽

1994.2《Miss 小姐》

不只在梦中

你挥手消失在人群中
留下我独自伴秋风
秋风里地下一道长长的身影
和我彼此倾诉着内心的苦衷

你是我很多年的心事
庆幸今天能够与你无意中相逢
为什么分别没让你留下地址
什么时候能再见你亲切的面容

对世人我只有心情和表情
唯独对你才有柔情
祈祷上苍能让我再见到你
不只在梦中

1994.6《青春潮》

寻 找

很早就开始寻找
可是　不知为什么
爱情非要迟到

令一颗心
柳絮一样随风流浪
不知何处　才能抛锚

想有一个童话中的小屋
屋里有灯光和温馨萦绕
问大地还要等多久呢
山川不老　岁月会老

首发于 1994.7《知音》

在友人家做客

狭小的空间
失去了舒适
却没有失去温馨
那挂在墙上的鹿角
使我忆起过去
向往森林

有的人
见过一眼
形象便贯穿于整个生命之中
怀念
就像岁月的雪地上
时浅时深的印痕

1994.10《青年之友》

秋　韵

古刹的钟声震落秋叶片片
阳光茂密如雨点
山泉从这里流向远方
仿佛一个淳朴的流浪汉
边走边拨动玲珑的琴弦

候鸟是季节写给天空的留言
金色是大地留给岁月的封面
这个时候心境很舒缓
有一个心愿　想与未来谈

1994.11.11《南方周末》

北方的冬天易过

北方的冬天易过
门和窗户
分隔出两种
截然不同的生活

生命的艰辛易过
那也不过是冬天的北方

1995.2.3《南方周末》

江南水乡

水乡
水乡
江南的水乡
是一幅多么生动的景象
水乡人在画里忙
写意人在画外忙

2002.11.13《中国国门时报·口岸周刊》
为蒋锡础摄影配诗

松

在石缝中生长
便长成了一种象征
便有资格
笑那雨
笑那风
笑那冰雪
笑那痴心妄想的种种

2002.11.13《中国国门时报·口岸周刊》
为王福根摄影配诗

相约香格里拉

酒中豪情雾里花，
惟愿时光尽潇洒。
人间仙境何处寻，
香格里拉情如家。

2002 年冬

没有爱成的那个人

男人会老
女人也会老
后来
便成了老夫老妻
有一个人不会老
那是年轻时爱上的一个人
没有爱成的那个人
总是那么年轻

首发于 2003.3《中国校园文学》

藏地男孩

——西藏掠影—

有一种纯朴

让人无法忘怀

有一种可爱

阳光也会青睐

有一种微笑

诠释着善良

有一种悠然

似清风扑面而来

而你都有

远在高原的

——藏地男孩

2003.3.25《中国国门时报·口岸周刊》
为王桦摄影配诗

西藏的河流

——西藏掠影二

清清的河流
静静地流淌
岁月的小舟
载着我们驶向前方
前方可有风
前方可有浪
什么样的风浪
都不能把我们阻挡
只能伴着我们成长

2003.3.25《中国国门时报·口岸周刊》

阿里古格王朝遗址

——西藏掠影三

再灿烂的王朝

也会走向沉寂

再热烈的燃烧

也会无声无息

能摆脱的是厄运

不能摆脱的是规律

2003.3.25《中国国门时报·口岸周刊》

西藏江南：林芝

——西藏掠影四

江南的景色里

找不到西藏

西藏的风光里

却可以看到江南

这是怎样的一种美

美得博大而且宽广

2003.3.25《中国国门时报·口岸周刊》

顽强的小草
——西藏掠影五

辉煌自有辉煌里的渺小

平凡自有平凡中的骄傲

阅尽绿色

谁能轻视那些顽强的小草

阳光下挺立

风沙中舞蹈

在贫瘠和荒凉之中

也许是惟一的美妙

有许多事物不能小瞧

微小却并非微不足道

2003.3.25《中国国门时报·口岸周刊》

翼 龙

——西藏掠影六

河流

长上了翅膀

也许是因为

她渴望飞翔

我们

也有一个

不能泯灭的愿望

那是因为

心中的西藏

2003.3.25《中国国门时报·口岸周刊》

色拉寺的小喇嘛

——西藏掠影七

原来

笑也有一种力量

如果

能笑得像

头上的天空

一样晴朗

2003.3.25《中国国门时报·口岸周刊》

风 浪
——西藏掠影八

风把积雪吹成了浪
浪花下面可是远古的海洋

泥土把平原塑成了山冈
可是为了让时代的目光
向远方眺望

按下的快门记录下了沧桑
可是为了在上面种下诗行

2003.3.25《中国国门时报·口岸周刊》

鸭绿江印象

——艺术天地—

金色的树
绿色的河
仿佛一首
连绵不绝的歌

风吹着
水流着
风吹水流中
世事悄悄变化着

2003.4.29《中国国门时报·口岸周刊》
为李录摄影配诗

农 家

——艺术天地二

这是另外一种生活
这是另外一种风光
里里外外透着寻常

然而，当有一天
你厌倦了车水马龙
你厌倦了名利场
你会发现
这里才是梦的故乡

2003.4.29《中国国门时报·口岸周刊》

红 叶

——艺术天地三

是自然里的叶
是生命中的旗
是亘古不变的诗意
是千里万里的痴迷
还是一种象征
昭示明天　印证过去

2003.4.29《中国国门时报·口岸周刊》

吉林雾凇

——艺术天地四

在冰雪中屹立
在寒冷中携手
凛冽中方显如此品格
——晶莹剔透

不要说天太冷
不要说北风吼
真豪杰总在临危受命
好风景尽在考验之后

2003.4.29《中国国门时报·口岸周刊》

祖 居

——艺术天地五

是祖辈

居住的地方

免不了

有许多往事

让后人想

有一天

他们也会成为

祖辈

留下的又是

怎样一个画框

2003.4.29《中国国门时报·口岸周刊》

天使在人间

当"非典"伸出了
无形的魔爪
在这个本该
阳光明媚的季节里
人们却感觉到了一阵阵的凉

正是在这个时候
那些挺身而出的白衣天使
为我们筑起了一道道屏障
于是人们看到了
春季里的春季
感受到了春光中的春光

阴霾一片片散去了
憧憬一节节在生长
天使在人间

她们是美好

是希望是安详

首发于 2003.5《同心曲》

你的荣光

——献给护士

不是启明
却带来了希望的曙光
不是火炬
却照亮了生命前进的方向
不是泉水
却滋润着每一个渴盼的心房
不是花朵
却在人心的土地上绚丽地开放

每一个寻常的日子
对你来说都不寻常
每一个不寻常的日子
对你来说都很寻常
一天又一天
流逝的光阴
像迁徙的候鸟

飞呵飞　飞向远方

也许，只有灾难来临的时候
人们才能真正理解你
就像老船长理解海洋
也许，只有灾害离去的时候
人们才能真正了解你
你的辛劳　你的崇高
你的奉献　你的荣光

首发于 2003.5.26《北京晚报》

内蒙古军马场坝上

——神州掠影一

因了眼前绮丽的景象
恨不能闯入坝上风光
恨不能像马儿一样疾跑
恨不能放开喉咙
亮一亮嗓

生活就该是画中的这样
该蓝的蓝
该白的白
该黄的黄

2003.5.27《中国国门时报·口岸周刊》
为王桦摄影配诗

云南 "莫奈"

——神州掠影二

云南的黑龙潭水
倒映出的却是
莫奈印象
许多许多年的从前
有谁能想得出
艺术原来可以这样

是呵，可以这样
可以那样
艺术上没有多少不可以
不可以的是缺少想象

2003.5.27《中国国门时报·口岸周刊》

云南森林

——神州掠影三

森林是陆地上的海洋

林涛起伏着绿色的喧响

来吧　到这里来吧

在这里你才能体会

什么叫筋脉相连

来吧　到这里来吧

在这里你才能知道

什么叫浩浩荡荡

2003.5.27《中国国门时报·口岸周刊》

京 郊

——神州掠影四

老屋可是从前的树木
树木可是未来的门窗
当三月走来
免不了让人春怀秋想

老屋老了
不过老得挺有味道
树木不很年轻
如果再多一点沧桑

2003.5.27《中国国门时报·口岸周刊》

无　题

——神州掠影五

绿树成荫　浓荫匝地

清清的湖泊

微微起涟漪

美得我们　不想言语

心在憧憬

眼睛在寻觅

心驰神往令我们

悄无声息

2003.5.27《中国国门时报·口岸周刊》

津 郊

——神州掠影六

惊讶于如此的美丽

惊讶于美丽就在身边

如果没有一双慧眼

是不是金子也会

被埋没在沙石里面

美往往并不遥远

深刻也总在寻常的

字里行间

年不过是三百六十五中的一天

美常常是司空见惯中的发现

2003.5.27《中国国门时报·口岸周刊》

无　题

——神州掠影七

水一层

山一重

山山水水都是情

走一路

看一路

走走看看皆入赋

乡亲问我何处来

我却不知归何处

2003.5.27《中国国门时报·口岸周刊》

三 月

三月有色亦有声
柳绿花红鸟啼鸣
岂用天上寻异彩
何处枝叶不春风

甲申（2004）年秋书

思

是风轻轻张开翅膀
是水在大地上静静流淌
是竹亭亭长在青葱季节
是画淡淡挂在心灵的墙上

2004.9《中国校园文学》

伞

打伞的日子
都不是好天气
伞下的天空
却告诉我们
失望中也会有一种美丽

2004.10《中国校园文学》

悟

看清这个世界
需要一双明亮的眼睛
这双清澈的眸子
谁又能够读懂

2004.12《中国校园文学》

百年暨南（7首）

一 南京创建时的暨南

仿佛是蓓蕾初绽的春花

仿佛是破土而出的嫩芽

仿佛是风中成长的小树

仿佛是旭日东升的光华

那是我们的暨大

二 暨南假山荷池

还记得吗

那屋檐梦一样的翘角

还记得吗

那秋树风中的轻摇

还记得吗

那一泓清澈的池水

还记得吗

岁月　来也悄悄　去也悄悄

三　国立暨南大学

那是怎样的如歌岁月

那是怎样的世事沧桑

那是怎样的热血奔涌

那是怎样的团结救亡

庄重而无言的校门

让我们——

在纪念中回忆

在回忆中默想

四　蒙古包（学生膳堂）[1]

多少记忆

多少欢笑

多少真情

多少思念

都定格在这

永远的蒙古包

1　蒙古包（学生膳堂）是暨南园最有特色的景观之一，在广大校友心中留下了永不磨灭的印迹，于 1961 年动工兴建，1962 年竣工投入使用，1988 年拆除兴建邵逸夫体育馆。

五 师生共同修建明湖

昨日的一锹一土

建成了景色怡人的明湖

今天的一课一书

可是明日那闪烁光芒的珍珠

六 复办后首届开学典礼

那一天

天很蓝

那一天

风不大

那一天

晶莹的不是水花是泪花

那一天

美丽的不是云霞是脸霞

七 在暨南大学新校门前

宛如一道彩虹

在蓝天下

宛如一弯月亮

在夜色下

说不清

有多少憧憬

在这里集合

说不清

有多少希望

从这里出发

2006.9 为暨南大学百年校庆纪念图册配诗

乾坤湾

黄河奔流去不还，
壮美最是乾坤弯。
雄姿一展惊天地，
直教诗人不敢言。

2007.6《中国作家放歌乾坤湾》

这一年的雪好大

这一年的雪好大
它没完没了地下
这一年的雪好大
它让好多人回不了家
这一年的雪好大
它让南方也成了北方
这一年的雪好大
没电灯的夜晚又点起了蜡

这一年的雪好大
好大的雪挡不住
亲人送来的温暖
这一年的雪好大
好大的雪让我们
感受到了天南地北的父老乡亲
兄弟姐妹是一家

2008 年第 2 期《黄河之声》

我们的心里有爱

风可以把树干折段
雪可以把道路掩埋
风和雪都不能摧垮我们
勇往直前的气概

风过了，晴朗会回来
雪化了，春天会回来
今天，在冰天雪地的日子里
我们的心里有爱

2008 年第 2 期《黄河之声》

谈　书（四首）

（一）

流觞曲水成美谈，
一篇兰亭千古传。
笔底亦可涌风雷，
纸上风云岂等闲。

（二）

龙飞凤舞鬼神惊，
书家仗笔天下行。
莫道唯剑是利器，
软毫一枝荡心平。

（三）

心驰神往慕先贤，
苏黄米蔡卷在前。

平时倚马出诗句，
圣人面前不敢言。

（四）

银钩铁画笔做刀，
读雨耕晴亦逍遥。
书家也能为诗句，
词不青涩笔更老。

2008.5.28.《书法报》

竹

远望是清新
近观气如薰
风来何曾惊
雨去愈精神

2008.5.28.《书法报》
己丑年汪国真并书（2009年）

吴道子

吴带可当风，
秉笔意纵横。
水流山不移，
百代一画圣。

2011.9《中华魂诗书画杰出人物长卷》

齐白石

虾本寻常物，
画亦似普通。
远近细思量，
笔底有神功。

2011.9《中华魂诗书画杰出人物长卷》

兰

空谷一幽兰
花开也悠然
俗香岂能比
只因质不凡

庚寅（2010）年汪国真书法

无 题

多少真情故事，
风雨里，
变化皆成芳蕊。
有限花时，
洒落无穷韵味。
也曾偶生误解，
气难平，
雨似花泪。
待晴朗，
玉案上无酒也醉。

2010.11.21 腾讯微博

三月风色亦吉祥

柳絮纷纷喧鸣啼

开天上春来

菜不生风

丙戌 汪国真 草书

无 题

还未来得及说你好
便要匆匆说声再见
就这样的想着你
　　那么近
　　却又那么远

读着你写给我的诗行
突然间
思绪
　　化不成了灵感
灵感
　　组不成了语言
或许
这就是最复杂的简单

朋友啊
给你我最虔诚的祝福

祝福你

幸福　快乐　每一天

2011.4.19 新浪博客

习 惯

习惯了痛心
习惯了无言
习惯了就这样的一直走下去
而不管前面有没有岸

习惯了羁绊
习惯了欺骗
习惯了就这样的闭上眼睛
任现实在耳畔呼唤

当终于累的不能再去奉献
当终于伤的不能再去习惯
一路走来的我啊
拿什么把青春去换
而逝去的年少
　　——又岂是一声空叹

2011.4.19 新浪微博

路的尽头

路的尽头
有两样东西
一样
是还未变成路的路
一样
是驾着马车放声痛哭

2011.4.19 新浪微博

诗艺长河

坐上那条灰灰　暗暗的船
我看到了一片淡淡的忧伤和哀怨
那尘土飞扬的路旁
　　　有人偷偷地流泪
那看似风花雪月的亭台楼阁上
　　　有思妇在倚栏远望
年年白骨埋荒外
　　　不正是因为那战火纷飞的战场

拨开岁月的尘土
透过缤纷的世事
穿过漫长的时光
我看到诗意的中国
几千年
　　　淳朴美丽
　　　智慧而不张扬
明眼人打扰的中国

把那悠悠的笛声丝丝的琵琶
　　——寂寞的
　　写在纸上

2011.4.19 新浪微博

无 题

手中的香茗已不知去向
只有窗台花散发着阵阵清香
暧昧的橙色开始变红
远处的音乐依然在响
……

明天不知道会怎样
只希望没有眼泪　没有悲伤
什么时候才能找回真实的自己
我不愿去想
……

前途迷茫
但心里却还有一点希望
我愿意相信
只要心里有阳光
明天　终会豁然开朗

2011.4.20 新浪微博

千年一瞬

一千年太短
一瞬间太长

我们双目对视的瞬间
我看到了从你眼神里流露出的无奈
这太长的瞬间
我看到了真挚爱情的悲哀

于是
我抱起琵琶
舍弃故国故情的愫怀

千年后
仍有人记得这黄沙漫漫
仍有人记得
　　　我失望而憔悴的容颜
只是

我的情

已太淡

一千年

    ——可真的太短

2011.4.20 *新浪微博*

读 书

这是前人的智慧

这是未来的储备

这里有夕阳晚照

洞箫的长吹

这里有晨风拂柳

湖畔的明媚

此时，舒卷便是舒心

此刻，饮茶宛如寻醉

明镜从来不染尘

书本岂能落薄灰

何必皓首枉叹息

读是远见

不读是悔

2011.4.23《北京晚报》

无 题

我想做一个梦
一辈子都不要醒来
就这样的过着　过着
不必考虑成功与失败
就这样的过着　过着
不必想太多的单调与精彩

可是上天
偏让我在最不想的时候醒来
于是
一个诗人
在无奈中痛苦
在痛苦中无奈

2011.4.25 新浪微博

把一切重来过

不好的消息
宛如不速之客
立刻，一切归于沉寂
归于毫无兴致的沉默

远山影影绰绰
湖面上几个星儿闪烁
夏是红色
心是灰色
真想对命运喊
有没有搞错

唉，何必想是谁的错
只当是曲折
把一切重来过
一切重来过
挫败不少　努力更多

2011 年初

将夙愿追赶

听一听轻松的音乐
让疲惫的四肢舒展
看一看大海的蔚蓝
洗濯胸中的哀怨

以休闲的心态
去面对艰险
以赴死的决心
将夙愿追赶

哪怕理想远在天边
也要踮起脚尖
哪怕诱惑近在眼前
心已然成茧

抒新韵点燃智慧的灵感
抚古琴感受历史的温暖

2011 年初

时间禁不起潇洒

春光有限　恨却无涯
秋天来了
何处可觅　昨日的桃花

你或许可以挥霍钱财
可时间却禁不起潇洒
将来我们要饮　就饮庆功酒
那悔恨的酒　不饮也罢

2011 年初

你可别

你可别
留给亲人的只是心痛
你可别
让心灵成为一片荒凉的城
你可别
早早别了春天的笑容
你可别
冀冀失去了生活的热情
你可别
别叫贪欲在纯洁中出生
你可别
别令向往在青春时变冷
你可别
有一天羞愧的对时光说
等等 等一等

2011 年初

向着未来憧憬

不论多少次失败
只要最后一次成功
过去的失败
便不再是失败
而只是走向成功的过程

生活也是一种战争
没有谁能够全胜
失败并没什么
只要　不言放弃
永远向着未来憧憬

2011 年初

爱人如己

成功的道理
基本一条　爱人如己

爱人如己
是天凉时的风衣
爱人如己
是大旱时的雪雨
爱人如己
是面对前辈肩上的责任
爱人如己
是无愧子孙的一点一滴

给予不是为了获得
获得却是因为给予

2011 年初

永　恒[1]

含泪
松开你还稚嫩的手
放你远走
给你自由

记得当时
正是深秋
娘的心像一棵树
寂寞挂满了枝头

真的想挽留
却不能够
人世间最珍贵的是亲情
　最难得的是自由

2011.4.29 新浪微博

　1　前几天看到一篇文章，大意是一个年轻人要离家闯荡，母亲虽不舍却还是选择了含泪送别的故事。

相信自己

能飘舞的
　　不一定是风
七色彩的
　　不一定是虹
能挺拔的
　　不一定是松

明天的故事
历史不会注定
要相信自己
是一只能搏击长空的雄鹰

2011.5.8 新浪微博

雨与人生

应该是一湾独特的宁静
但内心的感情很难在天际里自由的飞行
不是刻意的喜欢孤寂的世界
只因为那儿有风雨过后的彩虹
尽管
她行色匆匆
却给了我不尽的理由去经历雷电雨风
也许
风雨过后
只是一场虚无的空
但我依旧满足

人生如雨
重要的不是结果
而是飘落的过程

2011.5.22 新浪微博

白杨礼赞

脚下牢牢抓住一方泥土

头顶一片空旷的苍天

在雪与风中挺直躯干

风花雪月

岁月孤艰

也只算得上你生命的伞

纵然滋润不了万物

也要滋润每一片叶子的丹田

直到落叶归根

才在寒风中把身体舒展

2011.8.4 新浪微博

荷 花

雨去风来都是赢
赢在人心赢在情
高洁何须多言语
只作清香不作声

2012.2.5 腾讯微博
甲午（2014）年夏书法

那涌来的是潮

历史总是在曲折中向前
生活中有最精彩的表演
有多少今天的毁灭
是因了昨天的狂欢
有多少明天的喜悦
是因了今天的磨难

遮不住的　那一时的尘烟
因为人们渴望明媚和蓝天
挡不住的　那小小的舢板
因为那涌来的是潮　是大海的波澜

2012.5.5 腾讯微博

蝶　舞

单独

是花朵

集体

是花束

舞起来

是满眼纷飞的花团锦簇

这真是

真是一种

赏心悦目的征服

2012.6.28 腾讯微博

世　相

有的人为什么一事无成
因为总在冒充深刻
为什么总在冒充深刻
因为一事无成

2012.6.29 腾讯微博

你淡然的凝望

你淡然的凝望

仿佛散发着栀子花的芬芳

你就是仲夏

吹来的那一缕清凉

你古色古香的风韵

幻灭了多少艳脂俗香

悄然中

你已把我带进了

易安的宋

青莲的唐

2012.6.30 腾讯微博

小　丑

原想出彩
却踩塌了舞台
原想赌赢
却露出了底牌

出场
便成为笑料
这，也是一种天才

2012.7.4 腾讯微博

猫的勋章

一句朴素的真理
胜过无数花哨的定义
猫的勋章
是老鼠颁发的

2012.7.6 腾讯微博

岁月如诗

最难忘的一天
是与你相识
最浪漫的时节
是那些兰叶葳蕤的日子
不艳
因为那是你的衣袂
不俗
因为那是你的胭脂
因为有你
岁月如诗

2012.7.8 腾讯微博

魔术师

在现实里
祭起梦幻
在玄虚中
搬弄简单

2012.7.13 腾讯微博

等待日出

迷途
是因为
风雪覆盖了道路
是因为
不知何人能解
眼里的迷茫
心头的痛楚

要么寻找
寻找方向
要么等待
等待日出

2012.7.14 腾讯微博

追星族

常感叹

沧桑变幻

岁月流逝

曾经

那是怎样的一种

荣光与崇尚

毛遂自荐

请自隗始

2012.7.14 腾讯微博

初 雪

有许多绚丽的誓言

终归成空

其实一片洁白无瑕

已足以让人动容

何须许多

省却红暖蓝冷

看那初雪如莹

干干净净

2012.7.20 腾讯微博

青蛙王子

最美丽的
往往都是童话
总有一个故事
能把心中的愿景表达
或许这就是奋斗吧
让童话成为现实
把现实变成童话

2012.7.23 腾讯微博

梦

梦不会说话

却会传达

就像那树叶

不会飞却会飘洒

多梦之时

多事之秋

有梦醒来

或是因为惊喜

或是因为惊吓

2012.7.26 腾讯微博

记忆之果

沉郁的感情
仿佛总是伴随着折磨
各取所需的相伴
那只是片段
构不成传说
即便经不住诱惑
也要经得住岁月
即便经不住岁月
也要让过去的一切
结一颗值得回味的记忆之果

2012.8.7 腾讯微博

如果本身发光

如果本身发光

何惧

太阳照不到的地方

如果阳光拂照

为何

不把生活紧紧拥抱

2012.8.11 腾讯微博

有一种白

因香知非雪
因雪识佳人
有一种魅
魅过魅力
有一种白
白过白雪

2012.8.11 腾讯微博

把苦难当成故事

在完成使命的过程中
找到幸福
过去的艰辛
便不再是苦

乐观
是把苦难
当成故事
而不是事故

2012.8.25 腾讯微博

寻找绚烂

寻找绚烂

是因为平淡

喜欢阳光

是因为她能带来

那一片蔚蓝

晴朗的日子

我们嫌热

当明媚的时光即将远去

才发现

我们真的恋恋不舍

2012.8.26 腾讯微博

又一次出发

多少红尘往事　随风飘洒

秋去处　望尽落花

烂漫后的归隐

那是准备又一次出发

不能轻视的诺言

不可依赖的繁华

在独守中　让自己变得强大

2012.10.24 新浪微博

不因一念误千般

总有欲望趁夜来袭
总有诱惑如潮来卷
享受是沾
难受是不沾
淡定　怎对眼花缭乱

有时　一生的智慧
难决刹那的考验
这样的选择并不简单
——不因一念误千般

2012.10.27 腾讯微博

铭刻　是因为唯一

记住你　无须刻意
风总会吹开烟尘覆盖的记忆
梦总会推开遮掩往事的藩篱
还有长河　还有落日
还有原野　还有小溪

遗忘　是因为无视
铭刻　是因为唯一

2012.10.31 腾讯微博

幸福有时很简单

现实与理想之间
有一面无形的墙
放眼望去
白云下
有多少祈祷的目光
戈壁的尽头
又有多少颗心
像胡杨一样守望

失落源于曾经的期望
期望因为失落而受伤
幸福　有时很简单
就是用不着坚强

2012.11.30 腾讯微博

温暖不是因为季节

在不知所措的时候
有时我们会不由失语
在漫漫人生路上
谁不曾有过颠沛流离

那是一种境界
悠远如清越的竹笛
那是一种祈盼
自由似妙思解语

温暖不是因为季节
心寒无关于天气

2012.12.2 腾讯微博

奋斗之光

或是因为深刻
或是因为思想
或是因为创造
或是因为高尚
或是因为改变历史进程
或是因为造福社稷　功德无量
总有一些人
闪烁在人类历史的星空上

是啊
这名牌　那名牌
何牌能比　自身就是名牌
这闪光　那闪光
何光能胜　奋斗之光

2012.12.7 腾讯微博

最喜无欲一身轻

有满腹心事
不知说与谁听
闻荷风　过凉亭

有太多忙碌
难得几回逸致闲情
享筝弦意境

月下芭蕉石上影
石下流水向鹡鸰
最喜无欲一身轻
强似那
不是清白说清白
纵有才　不由衷

2012.12.21 腾讯微博

君不伤我谁能伤

在渔舟唱晚的时候
思念是最美好的时光
仿佛四月的花朵
开得那么嚣张

此时
不想飘扬　只想深藏
如今
君不伤我谁能伤
情如覆水　念若重洋

2012.12.28 腾讯微博

满庭芳

——贺中国艺术研究院建院六十周年

斜水横山，淡花疏草，损折多少精神？六十年过，甘苦化一樽。历历峥嵘往事，谁能忘、烟雨纷纷。凭何数，莘莘学子，盼立雪程门。

邀君，当此际，铺宣布阵，落笔成军。写千里江山，最美时分。真的不应有恨，该念到、冬浅春深。临高望，云飞霞舞，落日映黄昏。

2012 年第 1 期《艺术评论》杂志

江宁府

晋武南巡命江宁
绿水黄云看不赢
谁人到此不诗兴
唤起江山万古情

2012 年创作

五莲山

五莲峰秀气势雄

不输雁荡当是赢

莫道看山不相思

只教今日已痴情

壬辰（2012）年创卫作并书

境 界

心涌激情笔生花
寻经一路到天涯
何为人生真境界
琴棋书画诗酒茶

壬辰（2012）年创卫作并书

岳 飞

明知情深易伤还深情
山河之恋哪有轻
痛总是为故国
惜总是为英雄
想那千古岳武穆
独木偏支大厦将倾

出师未捷身先死之痛
是功败垂成之痛
青山有幸埋忠骨之痛
是痛彻心扉之痛
思那军神中的军神
令多少百姓的泪水
从宋流到今
从夜流到明
只是　只是

只要人间有秦桧

何处没有风波亭

2012 年

纸扇休怨夏已过

这是我要的生活
像流水一样自然　清澈
既不会嫉妒别人
也无需别人羡慕我

世上本多红尘事
看破红尘又如何
纸扇休怨夏已过
秋叶又去向谁说

2013.1.6 腾讯微博

长恨人生百十岁

沐风听雨忆从前

从前未远梦已残

轻舟一棹江水远

心底事多波浪宽

长恨人生百十岁

寻她竟要千万年

2013.2.12 腾讯微博

幸福，不是获得的多

有许多失意
是因为高估自己
有许多满足
是因为清心寡欲

幸福　不是获得的多
而是能够不断争取
痛苦　不是得到的少
而是因着生死永隔的距离

生活是题
未来是谜

2013.2.23 腾讯微博

结束便是开始

因为欲望或者无奈
有许多颗疲惫的心
放置于命运的股市
梦想中的彩霞满天
不知遁向何方
迎来的总是
跌跌不休的暗无天日

打破了的平静
该如何收拾
无处安顿的灵魂
幻想着来世
陷落的城池
已然难以维持
惊雷响自无声
结束便是开始

2013.3.10 腾讯微博

大爱懂得放手

丰盈的海棠
也会枯萎消瘦
海誓山盟的约定
有时　真的禁不住春秋

鱼死网破的冲动
从来不是一种享受
曾经的美好
何必让它一地狼藉
你该扼住的不是曾经的爱
而是命运的咽喉

大爱懂得放手
予己释怀　予人自由

2013.3.14 腾讯微博

不敢说出的表达

总不想长久的咫尺天涯

又怕一语道破

反成了风吹落花

望水中夕阳下的古塔

思何时可挽

那脱尘出世的绝代风华

铭刻　不仅是过目不忘的号码

更是最想却不敢说出的表达

一样纠结　万千人家

原来并非容易

织就一个令人动容的童话

2013.3.23 腾讯微博

2014.10《秋水诗刊》

爱,是能把欲望收藏

一个秋
便能让满眼的葱郁荒凉
一个眼神
便能让一颗炽热的心不再滚烫

远远望去
人们看到的是前行的船
有谁注意那划动的桨

喜欢　是忍不住张望
爱　是能把欲望收藏

2013.5.31 腾讯微博
2014.10《秋水诗刊》

整个的楼兰

任你弱水三千
我手中的一瓢
便是整个的楼兰

我不敢背弃当初的诺言
是害怕后来的一切
变得那么不堪

人贵在安宁的生活
凭什么让别人的一根鱼竿
却把自己静谧的水面搅乱

2013.8.4 腾讯微博
2014.10《秋水诗刊》

一种从容

青梅无关沉香
因缘记住过往
那些过往的日子
有时亭台　有时苍茫
请君莫笑从前
谁个年少不轻狂

马蹄踏霜月色响
激情如卷亦如浪
真羡慕秋风的淡然
一种从容　扫落万千花样

2013.9.12 腾讯微博
2014.10《秋水诗刊》

桂树　桂花

树满城　花满山
绿叶能够让希望升起
繁花可以把热情点燃
桂树　桂花
赞美你
何须万语千言
你自身就是
至高无上的桂冠

2013.10.1《咸宁日报》
2014.2.7《光明日报》

赤 壁

自古用兵全在奇
遥想当年周郎披战衣
雄才偏遇英雄敌
便留下满江情怀
半山烟雨

从来
坚硬不如坚毅
险阻亦可险取
何妨再借东风
展身手
谱写今天的传奇

2013.10.1《咸宁日报》
2014.2.7《光明日报》

翠微峰¹

喜欢你的独特

喜欢你的峥嵘

喜欢你的陡峭

喜欢你的山径

哦　翠微峰

总觉得

海没有波涛

心便无法汹涌

总觉得

山没有险峻

便不值得攀登

哦　翠微峰

向往攀援

是因为不甘于沉寂

————————

1　注：翠微峰在江西宁都

奋力向上

因为这是追求者的宿命

——啊　翠微峰

2013.11.21 腾讯微博

咸　宁

有一种风光
过目难忘
有一种情感
别亦是伤
有一河温泉
微波荡漾
有一座城市
满城皆香

香城满城皆香
从此不识芬芳

2013.10.1《咸宁日报》
2014.2.7《光明日报》

无 题

春天总是那么柳绿花红　风情万种
不由疏远了刚刚的霾重风轻　雪寒冰冷

看多了世间沉浮
渐渐变得波澜不惊
非我超然　非我从容
我醒只是因曾经深迷
我悦只是因曾经极痛

2014.3.19 腾讯微博

无　题

炭也不能总是燃烧
日子平淡就好
有一种成功或许更重要
比如总不见老

何必翻云覆雨
何必勾心斗角
活得累　怎么可能活得美妙

蚕儿做茧　鸟儿做巢
人生贵在心儿能够逍遥

淡点名　淡点利
深了笑容　浅了烦恼

2014.4.2 腾讯微博

无 题

即便尊贵高雅如奇楠
即便千载难求似蜜蜡
也会遇有眼无珠
也会逢有声嘈杂

其实　许多时候
最好的回答是不回答
时间自会
让嘲讽成为嘲讽
让笑话成为笑话

2014.4.9 腾讯微博

无 题

走不出阁楼
便走不进春秋
有时　栉风沐雨
也能成为一种享受

登高望远的境界
并不是谁都会有
总能当之无愧
是因为早已懂得了害羞

一部《三国》
说的岂止是曹刘
能飞不如乘风
会泳怎敌顺流

2014.6.12 腾讯微博

十里蓝山

水映树　花映天
我眼里的十里蓝山
赞复赞　叹复叹
我心中的十里蓝山

聚难聚　散难散
我梦里的十里蓝山

还是那天涯海角的过往　十里蓝山

还是那百转千回的流年　十里蓝山

2014.7.12 腾讯微博

美林湖

在缺少诗的时候
这里是产生诗的地方
这里的风也绿
这里的空气也香
这里林木的枝头绽放憧憬
这里的湖水中闪烁月亮的光芒

天堂太远
这里不是天堂却胜似天堂

2013.11.2（美林湖·诗·享·中国梦）名家诗歌论坛

武清南湖

从来健笔意飞扬
好景难压好辞章
南湖波影羞诗画
风光总比风雅强

2015 年《京津·高村科技创新园》台历

读 史

承平日久
便容易多几分戾气
不居安思危
更添了些文恬武嬉

纵舞低杨柳
有几人能会意宫商角徵羽
看歌尽桃花
又有谁留意那繁花似锦后的危机

如此这般　有一日
没了东篱
何处去采菊
见了南山
只怕南山已在狼烟里
家国事　从来不容易
时在风云中　运在际会里

2014.10.24 腾讯微博

有你　才是生活

——和一位年轻朋友的诗

哭几何
笑几何
理想几何

爱几何
恨几何
都是折磨

有你
才是生活
没你
只是活着

2014.11.2 腾讯微博

现象之一

容颜不是琥珀
恒久闪烁诱人的光泽
知道　却无可奈何
常常是人前欢笑　人后落寞

掩得了的是喜怒哀乐
掩不了的是内心失落

不是我任岁月蹉跎
而是无人让我心折

2014.11.15 腾讯微博

回 忆

尽管有时
会如一只洞箫在秋风里落寞
尽管有时
哀伤会似雨水在大地上溅落
只是　困顿时从不改执着
只是　即便心如死灰也总能复活

冷嘲像冬
却给了我清醒的头脑
热讽像夏
却给了我健康的肤色

我不仅要活出精彩
而且要让精彩为我而活

2014.12.21 腾讯微博

无　题

你想让我哭
我却偏要笑
每一次低我
总使我更高
溢美似露珠
诋毁是肥料
风吹树更长
雨过山愈姣

2015.1.7 腾讯微博